チューリップ・タッチ

The Tulip Touch

アン・ファイン 作
Anne Fine
灰島かり 訳

評論社

チューリップ・タッチ

カバー装画／板垣しゅん
装幀／川島　進（スタジオ・ギブ）

第一部

1

何かについて話そうと思ったら、その何かが、すっかり終わってからにしたほうがいいのだろう。でも、あたしは今、終わったかどうかよくわからないことについて話そうとしている。終わりどころか、話の始まりさえ、はっきりしない。

もしかしたら、あの朝の電話――あれが、始まりだったのだろうか。ワンワン泣きわめいていた弟のジュリアスをママに押《お》しつけてから、パパはその電話をとった。

「えっ、パレス？　わたしにって、それはまた、どういうわけだろう？」

「パレス」と聞くと、何か華《はな》やかなことを想像する人がいるかもしれない。でもあたしは、「ブラック・ホース」とか「パレス」が何を意味するか、そのころでもよく知っていた。あたしは、生まれてからずっと、そんな名前のホテルで暮らしてきたのだから。

最初のホテルは、オールド・シップ。でも、ここのことは何も覚えていない。蔦《つた》におおわれた小さなホテルで客室が六部屋だったということは、ママから教わった。その後、パパはノース・ベイ・ホテルの支配人になり、それからクイーンズ・アームズ・ホテルに移った。そのころあたしたちが住んでいたのは、そこだった。

「それで、パレスで、何がどうしたって？」

パパは、相手の話を長々と聞いたあとで、大きなためいきをついた。ママは、ふわふわしたぬいぐるみのウサギで弟のジュリアスをあやしていたのだけれど、あんまり大きなためいきだったから、目を上げてパパのほうを見た。パパは続けて、こう言った。

「こっちだって三十室のホテルをやってることを、忘れてもらっちゃ困るな。そのうえギャーギャー泣きわめく赤んぼうがいるんだから、考えるひまなんか、あるわけないじゃないか」

パパは、あたしたちが見ていることに気がついて、後ろを向いた。最後の言葉はすごく小さな声だった。

「わかったよ。とりあえず出かけていって、見るだけは見てみよう」

その晩、パパが何時に帰ってきたのか、わからない。でも、遅《おそ》かったことは確かだ。あたしたちの住まいはホテルのキッチンの上にあって、いつも換気扇《かんきせん》の音がしていたのだけれど、その音がもう止まっていた。聞こえるのは、音をしぼった電話の呼び出し音と、急いでいる足音だけだった。

翌朝、パパがあたしに言った。

「ナタリーも見においでよ。なにしろ大きなホテルで、部屋数が六十以上あるんだ。まわりを芝生《しばふ》に囲まれているから、そうだなあ、緑色のテーブルクロスの上にのっかった、四角くてまっ白な、特大のケーキみたいに見えるぞ」

「いつ？　ねえねえ、いつ見に行くの？」

パパは、ママをちらっと見た。またジュリアスが夜泣きしたらしくて、ママは疲《つか》れきった顔をしていた。

「すぐだよ。パパがあっちの仕事を終える前に、みんなで一日遊びに来ればいい」

パパの、この言葉どおりには、ならなかった。あたしたちはそのホテルに行くことになったけれど、それは「一日遊ぶ」ためではなかった。スーツケースやらダンボール箱やら、長期滞《たい》在《ざい》用の大荷物を車にのせて、運んでいったのだ。

「ほんとに、こんなはずじゃなかったんだ。ほんの短い仕事のつもりだったんだよ……」

パパは運転しながら、何回も同じことを繰《く》り返した。

車のベビーシートに座らされたジュリアスは、ママがどんなになだめても、暴れて、ギャンギャン泣きつづけた。ママは出かける準備で疲れきっていたらしくて、あれこれ文句を言いっぱなしだった。

「天井《てんじょう》の漆喰《しっくい》がパラパラはがれて、お客の頭にふりかかったっていう話だったわよね。だから天井をなんとかするあいだ、長くてせいぜい三週間だって。それが次々と、やれあっちがこわれたの、こっちが腐《くさ》ったの。排水管《はいすいかん》に防火扉《ぼうかとびら》……。向こうの支配人はお年寄りだそうだけど、いったい何をしていたのかしら。全部、向こうの支配人のせいなのに」

こういうときは何を言ってもむだだとパパはよくわかっていたから、黙《だま》ったまま車を運転していた。

「無責任な支配人のせいで、三週間のはずが三ヵ月になっちゃって……。ねえ、あなた。言っておきますけど、ナタリーは夏休みが始まるまで、一週間も学校を休むことになるのよ」

ここで、車は大きくカーブして角を曲がり、ママはおしゃべりをやめた。あたしたちの目の前に、パレス・ホテルがそびえていた。その姿は美しく、堂々としていて、つべこべ文句を言う者を圧倒《あっとう》するようだった。

パパがエンジンを止めたとたんに、ママは車から下りた。同時にジュリアスも、ぐずるのをやめた。ママは、ベビーシートからジュリアスを抱《だ》き上げると、そのままホテルの正面の広い石段をのぼっていった。そのとき、不思議なことが起こった。突然《とつぜん》、ホテルの背景の空が、あざやかにかがやきわたったのだ。そしてそれに応えるように、石段の両わきの芝生に一羽ずついたクジャクが、それぞれきらびやかな羽を広げた。

「見たかい？」パパが得意そうにささやいた。「ここでいいことが起こるっていうしるしだね」

でも、あたしはそんなふうには思えなくて、なんだか落ちつかない気分だった。長いドライブのせいで疲れていたのかもしれない。車からよろよろ下りると、空は高すぎるし、芝生は緑色すぎるような気がした。そのとき、一羽のクジャクが気味悪い声でギャーッと鳴いたので、あたしはどうしようもなく不安になった。

そのときわからなかったことでも、あとになればわかるようになる、とみんなは言う。バカみたい。そんなことはない、とあたしは思う。

2

パパが教えてくれた客室数は、まちがっていた。パレス・ホテルには、部屋は百以上あった。もっとも、ロビーや、ダイニングホールや、バーや、バルコニー、それから暑い屋根裏部屋から暗い地下倉庫まで、みんな数に入れての話だけれど。

まだ何人かのお客さんが頑固《がんこ》に滞在《たいざい》していたのを、一週間もしないうちに、パパは全員に引きはらってもらった。お客がいなくなって数時間たつと、床《ゆか》はあちこち引きはがされ、天井《てんじょう》はたたき落とされた。あたりを作業着の男たちが動きまわっているホテルは、まったく別世界のようだった。

「ナタリー、屋根裏部屋に行って、フォレスターさんに伝えてくれ。そうだ、髭《ひげ》のある人だ。注文した壁板《かべいた》のことで電話だって」

「おっと、新しい洗面台の到着《とうちゃく》だ。ナタリー、テラスにいるベンに言ってくれ。何人か引っぱってきて、荷物を下ろしてほしいって」

言いつけたとたんに、パパはもう別の場所にすっとんでいった。左官屋《さかんや》さんの手配、別の階の床修理をいつ進めるかの相談と、いくらでもすることがあった。でもしょっちゅう、あたしのことを思い出しては大声をあげた。

「おーい、ナタリーはどこだ？　だれか、ナタリーを知らないか？」

「ここにいるよ」と言う声がしないと、パパはパニックを起こす。

「ナタリー、聞こえるか？　ナタリー？」

パパが呼ぶ声は、洞穴《ほらあな》のような空っぽの部屋べやにこだまして、吹《ふ》き抜《ぬ》けの階段をのぼっていった。

「ナタリー！　ナタリー！」

だれかがあたしを見つけるまで、パパの声はやまなかった。

あたしは、バーの銅のカウンターの上で、ほこりだらけのコップを兵隊のようにずらりと並べて行進させていたり、がらんどうの宴会場《えんかいじょう》で側転をしていたり、あるいはパンツが見えるほど深くかがんで、テラスに置かれた、ひびの入った甕《かめ》の中をのぞきこんだりしていた。

「おじょうちゃんなら、ここにいます！　なんともないっすよ」

あたしは夏じゅう、カーペットがはがされてむきだしの廊下《ろうか》を跳《は》ねまわったり、池の睡蓮《すいれん》のあいだに立つ少年の石像と、いつまでも空想のおしゃべりをしたりしていた。何週間ものあいだ、あたしが吹き抜けの大階段を下りていくたびに、ホテルはいっそうめちゃくちゃになっていった。

それから突然《とつぜん》、逆まわしが始まった。毎日少しずつ、テーブルや椅子《いす》やソファから、ほこりよけの布がはずされていった。ドリルは道具入れにしまわれ、大掃除《おおそうじ》が始まった。鏡の上に、あたしのお気に入りの金色の天使像があったが、とうとうある朝、この天使像までがみがかれて、ぴかぴかになっているのを発見した。

キャンディをねだりにペンキ塗《ぬ》りの職人さんのところに行こうとしたとき、電話で話すパパの声が聞こえた。

「南向きのお部屋でございますね。はい、ご用意させていただきます。二晩とも、お夕食はホテルでなさいますか？　はいはい、では来週の木曜日と金曜日ということで、お待ち申し上げております」

パパが電話を置くのを待ちかねて、あたしはパパに飛びついた。

「ホテルがまた始まるんだ！　そうだよね？　あたしたち、もう家に帰るの？」

パパは、ちょっとひるんだようすをしたけれど、あたしを抱《だ》き上げて、フロントデスクの上に座らせた。フロントデスクはみがきこまれて、茶色の海みたいだった。

パパは、眼鏡《めがね》ごしにママを見た。鍵《かぎ》を整理していたママは、ためいきをついて、それから疲《つか》れたように小さくうなずいた。

パパが静かな声で言った。

「ナタリー、ちょっとやっかいなことになってるんだ」


「もしかして、ここにずっといるの？」

パパが言おうとしていることがようやくわかると、あたしは目を丸くして聞いた。

「このパレス・ホテルに、あたしたちはずっと住むことになったの？」

パパもママも、あたしをなぐさめてくれた。なぐさめるなんて！　二人とも、なんてわかってないんだろう！

ここで過ごした夏のあいだじゅう、あたしはずっと、ひとつのことを願いつづけていた。ここにずっと住めますように！　クローバーがポツポツ顔を出している芝生《しばふ》の坂で、でんぐりがえしをしていたい。暖炉《だんろ》のあるラウンジや書斎《しょさい》、ボート小屋や温室を、好きなだけほっつきまわりたい。さくらんぼ色のソファの上でとびはねていたい。テラスの石の台の上を、平均台を歩く体操の選手のように、爪先《つまさき》を伸《の》ばし腕《うで》を広げて歩きたい――。

「ナタリー？」

あたしは、パパとママを見つめた。

「ねえ、ナタリー。そんなに悪い話じゃないよね？　そりゃあ、友だちと離《はな》れることはつらいだろうけど。でもすぐに、新しい友だちができるよ、ね？」

あたしはただ、うなずいた。あんまりうれしくて、言葉を口にすることができなかったのだ。

3

手のかかる赤んぼうのジュリアスをかかえて、ママは子育てに苦労していた。やっと弟が眠《ねむ》ってくれても、そのときにはママは、口をきくのも嫌《いや》なほど疲《つか》れ果てていた。

「ごめんね、ナタリー。約束を破って悪いけど、ママはもうくたくた。あとにしてくれる？」

こう言ってから、お願い、という顔をしてパパのほうを見る。だから、もし時間があればだけれど、あたしを外に連れ出してくれるのはパパだった。

芝生《しばふ》を横切り、バラ園を抜《ぬ》けて、暗く茂《しげ》った木々の下の、くねった細い道を歩いていく。暗い道がずっと続くので、開けた場所に出ると、まぶしくてクラクラする。そしてその明るい場所で、あたしたちは初めてチューリップと出会った。チューリップは、麦畑の海の中に、まるで石像のようにじっと立っていた。

「ねえ、パパ。あれ、かかしかな？」

光の洪水《こうずい》の中で、パパはじっと目をこらした。

「いや、あれは女の子だと思うね」

「こんなところで何をしてるんだろ、ひとりぼっちで？」

パパは肩《かた》をすくめた。

「聞いてみようか」

パパはあたしの手をとると、大きな声で言った。

「おーい、そこのきみ。こんにちは」

女の子がこっちを向いたので、腕《うで》に何かを抱《だ》いているのが見えた。

「あっ、もしかして、それ、子猫《ねこ》？」

あたしは、その子のほうへと走り出した。パレス・ホテルにも猫はいるけれど、よたよたの年寄り猫ばっかり。子猫だといいな！　ワオ！

そのときパパが、後ろで叫《さけ》んだ。

「ナタリー！　麦の穂《ほ》を踏《ふ》んじゃダメだ！」

これを聞いて、あたしはぴたりと立ち止まった。まわりの畑を大切にしなければいけないことくらい、あたしだってわかっている。だから、じっとがまんして、あたしと同じ年くらいのその知らない子が、こっちに歩いてくるのを待った。その子は、空《あ》いているほうの手で麦の穂をかき分けて慎重《しんちょう》に足を進めて、歩いた跡《あと》など少しもつけずに、こちら側にやってきた。

子猫はまだ目が開いていなかった。

「かわいい！　ねえ、この猫、なんていう名前？　もう名前をつけたんでしょ？」

パパが、あたしの肩にさわって言った。

「ナタリー、まず、こちらのおじょうさんの名前を聞くのが先だろう？」

パパは、その子が口をきくものと期待して、その子を見つめた。でもその子は、目に入りかけていたボサボサの髪《かみ》の毛をふりはらっただけで、パパのほうを宇宙人か何かのように見つめている。

パパはもう一度話しかけた。あたしをポンとたたいて紹介《しょうかい》した。

「この子はナタリー。それから、わたしはミスター・バーンズ。このホテルの支配人だ」

もう一度あたしたちは、その子が口をきくのを待った。やっとのことで、その子は口を開いた。

「チューリップ」

そんな名前の子がいるなんて、信じられなかった。だからあたしは、チューリップというのは子猫の名前だろうと思った。何日かたって、その子が校庭の隅《すみ》にいるのを見つけたとき、あたしは、その子とおしゃべりをしようとすっとんでいったのだが、それは、名前のことがあったからだと思う。新しい学校ではまだ友だちがいなかったから、何かバカみたいなことを言って笑い合うチャンスをのがしたくなかったのだ。

「あんたの名前、チューリップだっけ？」

その子が黙《だま》ってこちらを見ているので、あたしはひるんでしまった。しーんと沈黙《ちんもく》が続いた。あんまり気まずいので、あたしはつい、こう言ってしまったのだ。

「ねえ、あたしと友だちにならない？」

あたしは、なんてバカなことを言ったのだろう。

4

手にしたもの（何かを手にした、とすればだけれど）の代償《だいしょう》は、大きかった。

チューリップは、どのグループにも入れてもらえない、仲間はずれだった。みんなは、チューリップは学校に来ないことのほうが多いのを知っていた（だからそれまで、学校で見かけなかったのだ）。あの日からあと、あたしはいったいどのくらい、ひとりぼっちで校庭をさまよったことだろう。チューリップが来てくれるよう必死で祈《いの》りながら。あるいは、にぎやかに駆《か》けまわっている子の中から、だれかが、親切にこんなふうに言ってくれないものかと願いながら。

「チューリップなんか、待っててもむだだよ。どうせ学校に来ないんだから。それより、あたしたちといっしょに遊ばない？」

今ふり返ってみると、あたしはどうかしていたと思う。そもそも最初から、あたしたちの友情は危機におちいっていた。だって、二人のうちの一人はいつもいない。それなのに、もう一人は、いない相手を探しに行くことができなかったのだ。

このことについては、パパは頑固《がんこ》だった。

「ナタリー、パパの考えは変わらない。チューリップの家に行くことは禁止だ。チューリップがうちに来るぶんにはかまわない。好きなだけ来てもらうといい。だがきみは、行ってはいけない。いいかい、これは、絶対に守らなくてはいけない決まりだからね」

どうしてパパは、あれほど強く、あたしを引き止めたのだろう。あたしたちが初めてピアス家の農場を訪ねたときに、パパはいったい何を見たのだろう。なぜ、娘《むすめ》をここに来させてはいけないと決心したのだろうか。

貧しげな小さな農家で、あたりにこわれた農機具がころがっていたから？　庭先に鎖《くさり》につながれたままの気の毒な犬がいて、スズメに向かって吠《ほ》えまくっていたから？

でもそんなことは、とくにめずらしいことではないだろう。それにあたしたちは結局、チューリップの親には会えなかった。あの日パパは、ずいぶんドアをノックしたのだが、だれも出てこなかったのだ。

一週間に十二回も、あたしはパパに頼《たの》んだ。

「お願い、もう一回だけ、チューリップのおうちに行ってみたい。だって、もう何日も会ってないもん。こんなことしてたら、もう二度と会えなくなっちゃうよ。だから、チューリップを探しに行きたいの」

「ダメだ」

「だって、病気かもしれないじゃない」

「そんなことはないと思うよ、ナタリー」

「学校に行かなくていいって思っているのは、チューリップの親でしょ？　チューリップはちっとも悪くないのに」

「いいかい、ナタリー。パパがきみだったら、だれか別の友だちを作ることにするね。なぜなら、パパは、この決まりを変えるつもりはないからだ。きみはチューリップの家に行ってはいけない。ダメなものはダメだ」

あたしはただ、意地を張っていただけだろうか。いったい、チューリップがあたしにどんな魔法《まほう》をかけたというのだろう。わかっているのは、あたしは、ほかの友だちを作る努力はいっさいしなかったということ。どこかのグループに入れてもらえるように、みんなの気を引きそうなおやつを、こっそりキッチンの戸棚《とだな》から持ち出すこともなかった。

あたしは一人で、ツンとあごを上げて待っていた。夕方や週末は、ホテルの中を歩きまわって、退屈《たいくつ》したお客の好奇心《こうきしん》にあふれた視線や、家の人たちの注目を集めて、なんとなくいい気持ちになっていたのだろう。やがて芝生《しばふ》の向こうにあの子が現れるまで、根気よく待ちつづけた。

チューリップの姿が目に入ったとたんに、あたしは飛び上がって、駆けていく。

「チューリップったら、いったいどこにいたのよ。ずうっと会えなかったじゃない。ねえねえ、何して遊ぶ？」

5

あたしたちは二人で、なんでもしたし、どこにでも出かけた。庭の芝生《しばふ》や物置、植えこみのかげやテラスで、だれかに呼ばれるまで遊んでいた。寒くなると、ロビーやコーヒールーム、廊下《ろうか》の隅《すみ》や毛布置き場へと移動した。赤いビロードのカーテンにこっそりくるまって、お客の口げんかを一時間も盗《ぬす》み聞きしていたこともあった。あのときは、ママが呼んでいたのに、出るに出られなくて困ってしまった。でもふだんは、あたしたちを探す声や、いらいらした足音が聞こえると、すぐに顔を出した。

「おうちに帰る時間よ、チューリップ」

「もうちょっとここにいちゃ、ダメ？」

「きっとご両親が心配してるわ」

これは本当ではなかった。もし、チューリップの両親が心配していたなら、とっくにホテルへ探しに来ていたはずだ。そんな機会はいくらでもあったのだから。

だれもがうっかりしていて、寝《ね》る時間になってもまだチューリップがいた、などということもあった。でも、そんなときでも、パパは自分の思っていることを顔に出さなかったし、チューリップも同じだった。

「あした、また来ていい？」

「いいよ。きみの都合がつくならね」

チューリップは来るかもしれないし、来ないかもしれなかった（どちらにしても、あたしは待ちつづけた）。

あたしが寂《さび》しそうにほっつき歩いていることに、ときには、パパが気がついてくれることもあった。パパはこのところいそがしくて、あたしをほったらかしていたことを思い出して、いっしょに魚釣《さかなつ》りに行こうと誘《さそ》ってくれる。昼食のあとの静かな時間にあたしたちが釣りに向かうと、木立を抜《ぬ》けた先の麦畑のあたりでチューリップを見つけることもあった。

遊びに来てくれなかったことが悔《くや》しくて、あたしはこっそりパパに言った。

「あの子を帰してもいいよ」

でもパパは、いつもと同じように明るい声をかけた。

「やあ、チューリップ。いっしょに来るかい？」

チューリップは、魚釣りは苦手だった（「あの子の影《かげ》が落ちると、とたんに魚たちが逃《に》げ出すようだね」とパパが言った）。パパは次々と魚を釣り、あたしも何匹《びき》か釣り上げたけれど、チューリップは一匹も釣れない。でも、チューリップは楽しそうだったし、パパも同じだった。

午後にチューリップが現れれば、パパは、決して退屈《たいくつ》な顔を見せなかった。

「きのうきみたちがやっていたのは、なんていう遊びだっけ？　ほら、スコット・ヘンダーソンの奥《おく》さんが、うるさいって文句を言ってきたじゃないか」

「〈火がついたネズミ〉」

「あれをやっても叱《しか》られない場所を、見つけたのかい？」

チューリップがニヤリとした。

「あたしたちね、ワインの貯蔵室に行ったの。それで〈トンネルのブタ〉っていう新しい遊びを考えて、それをやってたんだ」

パパは頭をふった。

「ま、地下室ならいいだろう。あれでも、先週ずっとやっていたのよりは、まだまし、なんだからな」

「どの遊びのこと？　〈デブの火あぶり〉？」

「ちがうちがう。先週やってたのは〈ブルブル病〉だったじゃない」

あたしが口を出した。

「どうしてきみたちは、うるさくない遊びを発明できないのかねえ」

「あたしが発明するんじゃないもん。新しい遊びを発明するのは、いっつもチューリップ」

パパは彼女《かのじょ》のほうを向いて、聞いた。

「どうだい、チューリップ？」

チューリップは首を横にかしげた。

「〈ガイコツ行列〉っていうのなら、すっごく静かだよ。それから〈だんまりバカ〉っていうのもよくやるけど、あれならなんの音もしない」

パパは肩《かた》をすくめた。

「〈だんまりバカ〉に〈ガイコツ行列〉！　まったくきみたちは、もっとこう、感じのいい遊びができないのかね？」

チューリップはまた、ニヤニヤした。

「おじさんが子どものころは、〈家族合わせ〉とか〈人生ゲーム〉なんてやって、遊んでたんでしょ？」

「そうだよ。子どものころやっていたのは、そういう遊びだ。まったく、昔はよかったよ」

チューリップはパパに向かって、秘密を打ち明けるような、お得意の顔をしてみせた。

「ねえ、おじさんがこれまでにやったことのなかで、いっとう悪いことって、なに？」

「子どものときにかい？」

彼女はうなずいた。

もし、聞いたのがあたしだったら、パパがちゃんと答えてくれたかどうかわからない。でもチューリップが相手だと、パパはいつも、本当のことを言った。どんなことでも。

このときも、パパは黙《だま》って考えこんでいた。

ずいぶんたってから、パパはこう言った。

「ずいぶん昔のことだが、本当に悪かったと思って忘れられないのは、うちのおじいさんが飼っていたカメを歩道の石の上に落としたことかな。自分がやったとあやまる勇気がなかったから、だれにも見つからないように、そのカメを植えこみのかげにかくしたんだ」

これを思い出すのは、とてもつらそうだった。

「そのとき、パパはいくつだったの？」あたしが聞いた。

「八歳《さい》だった」それからさっと計算して言った。「二十七年前になる」

「そのカメ、グチャッってつぶれた？」チューリップが聞いた。

チューリップのこの言葉で、パパが嫌《いや》な気分になったのがわかった。パパは注意深く、言葉を変えた。

「カメの甲羅《こうら》なら、割れてしまったね」

「それって、わざとやったの？」

「いや、ちがう。うっかり手がすべったんだ。わたしがわざとカメをたたきつけたとでも思ったのかい？」

パパがきつい声を出した。

「ちがうけど」

チューリップがあわてて言った。

その場が静かになった。また、チューリップが口を開いた。

「そのカメ、冷凍庫《れいとうこ》につっこめばよかったんだよ。それがいっとういい殺し方なんだってさ」

パパはあっけにとられた。

だが、チューリップは自信ありげに言った。

「それがいちばん親切な殺し方なんだって。これって、ほんとは魚の殺し方なんだけど、きっとカメでもおんなじだよ」

パパは、釣り糸を下げていることなど忘れたように、チューリップをじっと見ていた。

「きみはどうして、そんなことを知っているの？」

「だれかが言ってたのを、聞いただけ」

パパがあたしのほうをふり向いた。

「ナタリーも知ってたかい？」

うん、と言いたくてたまらなかったけれど、チューリップにはウソだとばれるだろう。あたしはむっつりと「知らなかった」と言った。

パパはまた、チューリップのほうを向いた。

「そんな殺し方を聞いて、こわくなかった？」

「ぜんぜん。ちょっとこわいような気もしたけど、でも平気。こわいっていうより、おもしろいって感じ」

このとき、チューリップの浮《う》きがひくひくと動いた。

パパは、話題が変わることにホッとして言った。

「おっ、なんか、かかってないか？　ついにきみのところにも、幸運がまわってきたな。ほら、なんか、かかってるよ」

「ううん。なんにもかかってない」

チューリップは浮きを見ることもしないで、ただそう言った。

6

もちろん、あたしはないしょでチューリップの家に出かけた。たった一度だけれど。

どうしてあれほど行きたいと思ったのか、もう覚えていない。もしかしたら、芝生《しばふ》の庭をじりじりと歩いて、樹木の下にさっと身をかくして、大変な冒険《ぼうけん》をしてきたのだと、チューリップに言いたかったからかもしれない。

大きく枝を張った木々がなんだか不吉《ふきつ》でこわかったけれど、ひるまずに歩いた。林から陽《ひ》の当たる場所に出ると、用心深くフェンスぞいを歩いた。パレス・ホテルのいちばん高い窓からでももう見えない、という場所にたどりつくまでは安心できない。なぜなら、ホテルに長期滞《たい》在《ざい》しているお客たちのなかには、退屈《たいくつ》している人たちが大勢いて、ほかの人が何をしているか、いつも、だれかが見張っていたから。

チューリップの家は、ひどいところだった。カーペットはしみだらけで、家具はぼろぼろだったが、それだけではない。家の中ではチューリップ自身が、まるで別人のようだった。まるで、本人はどこかに抜《ぬ》け出てしまって、代わりに、びくびくした奇妙《きみょう》な脱《ぬ》け殻《がら》のようなものがいるみたい。その脱け殻が「何して遊ぶ？」とか「ビスケット食べる？」とか、あたしに聞いているみたいだった。

あたしは、しめったビスケットのかけらが入った袋《ふくろ》を押《お》し返して、チューリップの部屋に行こうと言いかけた。でも、チューリップがドアを足で閉めたときに、椅子《いす》の上に汚《よご》れたシーツが干してあるのがチラリと見えて、そんなことは言わないほうがいいという気になった。

「庭で遊ばない？」

あたしは、キッチンから逃《に》げ出したかった。チューリップのお母さんは、あやまっているような気弱な笑顔を浮《う》かべたまま、なんだか呪文《じゅもん》のように聞こえるハミングを続けていて、気味が悪かった。光のささない、汚れて嫌《いや》なにおいのするキッチンにこもっているうちに、歌にはメロディがあって、始まりと終わりがあることを忘れてしまったみたいだ。えんえんと低く続く暗いハミングを聞いていると、声を出しているのは人間ではなくて、人間のふりをしたロボットではないかという気になった。

庭には、腰《こし》のあたりまで伸《の》びた雑草がはびこっていた。しかも、あちこちに割れたびんのかけらが飛びちっていて、走りまわって遊ぶなんて不可能だった。どうすればいいかわからなくなって、あたしはこう言った。

「そうだ。ねえ、あの子猫《ねこ》、どこにいるの？」

チューリップは、表情のない顔であたしを見ていた。

「あっ、もう子猫じゃなくて、大人の猫になってるかも」あたしはあわてて、まちがいを訂正《ていせい》した。

「うちは猫なんて飼ってないけど」

「ウソ。だって初めて会ったとき、子猫を抱《だ》いてたじゃない？」

チューリップの目が、一点を見つめたまま動かなくなった。

「あれは、よその家にあげなくちゃいけないって言われたから」

チューリップはウソを言っている、とあたしにはわかった。


あたしたちは、荒《あ》れ果てた庭から家の中へもどった。ちょうどそのとき、別のドアから入ってきたチューリップのお父さんと鉢合《はちあ》わせした。その人は、あたしの目には、いかにも恐ろしい猫殺しの犯人らしく見えた。

チューリップのお父さんは、ひびの入ったコップに水を入れてぐいっと飲みこみ、また水をくんでまた飲んでから、こっちを向いた。そしてあたしに目をとめると、そのままじっと見つめていた。とうとうあたしはがまんできなくなって、上着をひっつかんで、もごもご口の中であいさつすると、その家から逃げ帰った。

次の朝、学校で、チューリップにあやまった。

「きのうは急に帰っちゃって、ごめんね。あたしったら、バカみたいなの。やらなくちゃいけないことを忘れてて……」

あたしはくどくどと、言いわけを重ねた。チューリップは気を悪くしたような、つまらなそうな顔をしていたけれど、あたしが口を閉じると、こう言った。

「父さんなら、慣れちゃえば平気なのに」

でもあたしは、もう二度とあの人の顔を見たくはなかった。このあとあたしは、チューリップの家に行きたいとパパにせがむことはなくなった。チューリップが気を悪くしないように、パパがいい口実を教えてくれたので、それを使うことにした。

「あんたの家の犬がこわいから、行かない。犬がこわいんだ、あたし」

あたしは二度と、あの家には行かなかった。

7

その代わり、学校では、いつもチューリップといっしょだった。チューリップには、ほかの友だちはいない。とんでもないウソばかりつくから、まともな子なら、バカバカしくてつきあっていられないのだ。

「きょうね、軍隊がうちの農場を借りて、演習をするんだって。だから、帰ったら、あたしも戦車を運転させてもらうんだ」

「ふーん、そう」

「よかったじゃない」

みんなはフンと鼻で笑って、さっさとその場を離《はな》れる。あたしは下を向いていた。なぜだかわからないが、チューリップがかわいそうでたまらなかった。でも、みんなの目には、あたしはどうしようもない間抜《まぬ》けに映っていたにちがいない（チューリップのウソを本気にしたのだとしたら、それはもちろん、どうしようもない間抜けだ）。でもあたしは、みんなのようにチューリップに腹を立てて、見捨てることができなかった。代わりに、彼女《かのじょ》の腕《うで》をつかんで話題をそらせた。

「帰り道に〈ガイコツ行列〉をやろうよ」

チューリップは感謝するどころか、乱暴にあたしの手をふりはらった。

そのころでさえ、なぜあたしはチューリップから離れられないのか、自分でもわからなかった。同情から？　いや、ちがう。だれも信じてくれないとわかっているのにバカなウソをつくことに、同情の余地なんかない。

「あたしったら、すっごくラッキー。コーンフレークの箱にくじが入ってて、銀色のところをガリガリはがしたらね、これが大当たりだったの。ゴージャスな黄色い絹のドレスがもらえるんだって」

次にチューリップとお菓子《かし》を買いにスーパーに行ったときに、あたしは、コーンフレークがある棚《たな》を見てみた。

「何かが当たるなんて、どこにも書いてないわよ」

「箱の外には書いてないって。くじは、箱の中に入ってるんだから」

「ほかにくじを見つけた人がだれもいないなんて、ヘンじゃない？」

「何周年かの記念のくじだから、数が少ないんだって。賞品が黄色の絹のドレスだっていうのも、その記念てわけよ。最初の広告でモデルが着ていたのとおんなじドレスなんだってさ」

そう、こういう話しっぷりを、パパは〈チューリップ・タッチ〉と呼んでいた。チューリップの話は細かいところがくわしくて、生き生きしているので、もしかしたら今回だけは本当かな、とつい思わせてしまう力があった。

「それでその男の人は、まっ青になって、ひっくり返っちゃったの。あたしが救急車を呼ぼうと電話をしているあいだ、その人の指がひくひく動いて、はめていた結婚《けっこん》指輪が、排水管《はいすいかん》の金具に当たってカチカチ鳴っていた」

「学校に来なかったのはね、警察に頼《たの》まれたからよ。警察では、あたしくらいの身長の女の子を集めていて、どうしてもあと一人、足りなかったんだって。あの子を逮捕《たいほ》したわけは、聞いても教えてくれなかったけどね。だれかが、あの子はポーランド人なんだって言ってたけど、関係あるのかなあ」

パパはしんから感心したというふうに、つぶやいた。

「なるほど、ポーランド人とはね。こりゃまた、完璧《かんぺき》な〈チューリップ・タッチ〉だな」

チューリップは傷ついたような、とがった目つきでパパを見つめた。

「えっ、それって、なに？」

「いや、なんでもない」

パパは、ニヤニヤした顔をかくそうとして、向こうを向いた。それであたしだけが、チューリップの顔が恨《うら》みにゆがむのを見るはめになった。チューリップは、からかわれるのを何よりもきらった。ひどいウソでも、自分の口から出たとたんに本当のことだと思いこんでしまうらしい。だから、どんなささいな点でも、疑いをはさむ人間は敵となり、決して許そうとしなかった。

二週間ほどたってからちょっとした意地悪をしかけたのは、あたしではなく、パパだった。

「やあ、チューリップ。そういえば、すばらしい黄色のドレスはどうしたんだい？　ぜひ見たいから、早く持っておいでよ」

チューリップは、びっくりした顔をした。

「えっ、この前、話さなかったっけ？　あたしね、ここに持ってこようと思って、バッグにつめといたんだよ。でも、母さんがうっかり漂白剤《ひょうはくざい》のびんを落としちゃって、液がドレスの袖《そで》にかかっちゃったの。母さんは、裾《すそ》の折り返しを使ってなんとか直してほしいって、チチェスターの店に送ったから、直ると思うんだけど。だってその店って、王室の人たちまでが、洋服のお直しを頼む店なんだって」

パパは、まるで魔法《まほう》でも見ているように彼女を見ていた。

彼女が帰ってから、ママに向かってこう言った。

「なんともあわれなウソつき娘《むすめ》だな。さぞかし家では、ひどい目にあわされているんだろうね。なんとか認めてもらいたくて、ああいう話をでっちあげるんだろうから」

ママはただ、いらいらした口調で言った。

「頭のいい子だって、あなたは言ってたじゃないの。どうして自分のしていることがわからないのかしら？」


頭がいいというのは本当だった。チューリップはあたしより、ずっと頭がよかった。ちゃんと学校に来て宿題もやっていたなら、どの科目でもあたしはかなわなかっただろう。それなのにチューリップときたら、担任のヘンソン先生を困らせてばかりいた。たとえ大問題が起きていなくとも、チューリップは先生の頭痛の種だった。

「落ちついて座ってちょうだい。まわりの人が勉強できませんよ」

「そんなことしていいなんて、言ってないでしょ！」

「チューリップ！　許しませんよ。いいかげんにしなさい！」

あれほどどきつくおこられたら、あたしだったら、ショックのあまり死んでしまったかもしれない。でも、チューリップは平気だった。おこられても、またすぐ席を立って、教室の反対側へ走っていく。

「床《ゆか》にジュリアの消しゴムが落ちていまーす」

また一分もしないうちに、

「ジェニファのやっていることをお手伝いしに行ってきまーす」

すぐに悲鳴のような抗議《こうぎ》の声があがる。

「先生、チューリップを止めてください。手伝ってほしくありません」

舌を突《つ》き出したのが見えた（ジェニファでなく、チューリップが）。

「席につきなさい、チューリップ！　ちゃんと座って！　バカなことをするのはやめなさい！」

あたしはと言えば、いるかいないかわからないくらい、おとなしくしていた。たぶんそのおかげで、先生はあたしたちを並ばせておいてくれたのだ。あたしは、舞《ま》い上がるチューリップの落ちつかせ役として、期待されていた。

実際、二人がいっしょだと、なぜかいろんなことがうまくいった。合奏では、二人ともトライアングルの係になった。二人で二ヵ月間続けて、お昼代の計算を引き受けたこともある（今になって思い返してみると、これはヘンソン先生の作戦にのせられたのだ）。そうしてクリスマスの劇では、二人で、シンデレラのみにくい姉さん役をすることになった。

チューリップはこの役をぜひやりたいと言って、立候補した。ところが最初のうち、ヘンソン先生もそれからバラクラフ先生も、ずいぶん迷っていたようだ。

「最初に注意しておきますけどね、もし練習を三回以上さぼったら、役から降りてもらいますよ。それでいい？」

チューリップは力強くうなずいた。

「それからあなたのお父さんに、一筆《いっぴつ》書いてもらう必要があるわね。夜の公演にあなたが出演することを許可します、という書類にサインしてもらわなくちゃ」

元気いっぱいだったチューリップの顔が、くもった。

「ほかの子はだれも、書類なんか出していません」

ヘンソン先生がためいきをついた。

「ごめんなさいね、チューリップ。バラクラフ先生が、前みたいになっては困るって思ってらして」

その場を離れてから、あたしはチューリップに聞いた。

「前みたいって、なんのこと？」

「あんたがこの学校に来る前の話よ。この前の劇で、あたしは踊《おど》る豆の役だったんだ」

「その役、むずかしかったの？」（何が起こったのか知るためには、こう聞くのがいちばんだった。）

「ぜんぜん。歌もちゃんと習ったし、ダンスも覚えたよ。でもちょっとあって、その役、やれなくなっちゃったんだ」

その「ちょっとあって」という言い方で、あたしはさんざんごまかされてきた。でも、チューリップと姉妹の役ができるというのでわくわくしていたので、なんでも許せる気分だった。

「あんたのお父さんだって、今度はきっと、応援《おうえん》してくれるんじゃないかな」

チューリップは、踊る豆のダンスらしきものを、目の前でちょっとやってみせた。

「ほかの子たちがいっしょじゃなかったら、それほど問題じゃなかったんだけどさ」

「ほかの子たちって？」

「踊る豆の役のほかの子たちのこと。けっこう複雑なダンスだったから、あたしがいなくなって、みんなすごく困ったんだ」

「ええっ！」

突然《とつぜん》、あたしの目には、みんなが大あわてする光景が浮《う》かんだ。大事な舞台《ぶたい》に、意地悪な姉さんがたった一人――それはもちろん、あたし――しかいない！

でも、結局、恐《おそ》れていたようなことは何も起こらなかった。チューリップのお母さんが書類にサインしたし、練習のある日はチューリップはちゃんと学校にやってきた。そうしてカーテンが上がると、チューリップとあたしはスターになった。チューリップはまるで魔女《まじょ》みたいにバタバタ飛びまわるし、あたしはあたしで「なーんにも見えてない」目つきで舞台をうろつきまわる。こっちの二人のほうが、いい子ぶったシンデレラより、ずっとおもしろかったのだ。

あたしたちが舞台の袖にもどってくるたびに、バラクラフ先生がメーク道具を片手に待ちかまえていた。あたしの顔にはボツボツが少し描《か》いてあったのだが、それが、場面が進むたびにどんどん増えて、最後にははしかのまっ最中みたいになった。先生は、チューリップのちりちりの緑色のかつらに、クモの巣に見えるような白い糸をスプレーしては、興奮した口調であたしたちを舞台に押《お》し出した。

「すごいぞ、二人とも！　この調子だ！」

シンデレラの劇は三夜連続で行われ、あたしたちの「その調子」は続いた。あたしたちが出るたびに客席に大笑いの渦《うず》が起こり、カーテンコールでは最大の拍手《はくしゅ》をもらった。最後の公演が終わったときには、あたしは悲しくてたまらなくて、断固、メークアップを落とすのを拒《こば》んだ。でも結局、翌朝には、顔のボツボツは全部、枕《まくら》にこすられてとれていたし、チューリップも、緑色のかつらを返しに行かなくてはならなかった。

この舞台の興奮は、いつまでもあたしたちの心から消えなかった。

「二人とも、そうやってベタベタくっつくのをよしてちょうだい。よさないなら、席を離しますよ」

「ナタリー、チューリップをいちいち突っつくんじゃありません。答えはわかってるでしょ。あなたはロボットじゃないんだから、ちゃんと自分の手をあげて、答えなさい」

「チューリップ、ナタリーはあなたのあやつり人形じゃありませんよ。あなたがそこを離れるたびに、いちいちナタリーを連れていかないでちょうだい」

一月の半ばになると、ついにヘンソン先生は二人の席を離した。あたしたちは嘆《なげ》き悲しんで、文句を言った。

「絶対、不公平です。あたしたち、悪いことなんかしてません。仲良し姉妹をやってただけです、あの劇のときみたいに」

先生は冷たい声で言った。

「残念ね。あの劇あの劇って、そんな昔のことをいつまでも言わないでちょうだい」

先生のこの言葉で、新しい遊びが始まった。「そんな昔のことをいつまでも言わないでちょうだい」にバカげた話をつなげるのだ。

「マーシーが手袋《てぶくろ》をなくしたんだって」

「そんな昔のことをいつまでも言わないでちょうだい。最近なくしたのは、パンティよ」

「ヘンソン先生の新しい車を見た?」

「そんな昔のことをいつまでも言わないでちょうだい。先生は今朝、ほうきに乗って来たわよ」

でも、たいしておもしろくもないバカげた遊びで、あたしたちはただ、こそこそしゃべるだけだった。それでもキーキー笑うから、校庭でみんながまわりに集まってくる。

「ねえ、何がそんなにおかしいの」

「なんでもない」

あたしたちは口に手を当てて、吹《ふ》き出すのをこらえてニヤニヤしている。

「ほっときなさいよ。バカみたい」

まったくバカだった。自分がどうしようもない鼻つまみ者になっていることに気づきもしないほど、あたしは愚《おろ》かだった。

「先生、ナタリーのとなりは嫌《いや》です。ナタリーは、チューリップといっしょにヘンな顔をしては、クスクス笑ってばっかりなんです」

「あたしだって嫌です」

ヘンソン先生はインフルエンザにかかり、それから先生のお父さんが入院することになった。一方で、先生があたしやチューリップと並ばせようとした子たちは、全員が絶対嫌だと抵抗《ていこう》した。考えてみると不思議だけれど、まわりにたまたま起こる出来事のせいで、人の運命は変わっていく。あたしとチューリップの友情はこのあたりで薄《うす》れるか、あるいは少なくとも変化してもよいはずだった。

それがこうしてインフルエンザが流行し、先生のお父さんが骨折し、そしてクラスじゅうが文句を言った。

結局、先生はあきらめるしかなかった。

「わかったわ。あなたたちがこれからはちゃんとするると約束するなら、また二人で並んでいいわ。だけど、これが最後ですからね」

8

あのころ、チューリップとナタリーという仲良し二人組は、どんなふうだったのだろう？

箱の中から一枚の写真を出してみる。あたしたちは楽しそうに笑っている。でも、古い写真は真実を語っているだろうか？　だれかに「はい、笑って！」と言われる。「ふくれっつらに写るのは嫌《いや》でしょう？」。それでにっこりする。でもその笑いのかげに、何かをかくしていないだろうか？

一枚だけ、偶然《ぐうぜん》に撮《と》れた写真がある。チューリップが地下室へと階段を下りてきたとき、パパは暗闇《くらやみ》でカメラをいじっていて、うっかりシャッターを押《お》してしまったのだ。フラッシュが光って、フィルムにはチューリップがちゃんと写っていた（目はウサギみたいに赤く撮れたけれど）。暗いトンネルのアーチ形の入り口が背景の写真。この一枚だけがカメラを意識していない写真なのだが、彼女《かのじょ》はどんな顔を見せているだろうか？

おびえたふう？　あるいはもっと強い言葉のほうが合うだろうか？　敏感《びんかん》そうな青白い顔をさっと見たなら、「何かにとりつかれているようだ」と思うかもしれない。でも、心に浮《う》かんでくる別の言葉がある。あたしはそれを追いはらいたくて、手にしたその写真をパタリと裏返す。ところが、言葉は繰《く》り返しもどってきて、どうしても追いはらうことができない。そう、もし彼女のことをそれ以上知らなければ、こんなふうに言うのではないだろうか。「見捨てられた子の顔」と。

一方で、チューリップは、パレス・ホテルの何もかもに夢中だった。大きなカーブを描《えが》いた階段の手すりや、石造りの棚《たな》、ブツブツのついたバーのカウンターなどを、いつまでもなでていた。まるで、熱心にさわれば、この場所が自分のものになるとでもいうように。

「ナタリーはいいよね。ウソみたいに幸運で」

そう言われて、あたしは肩《かた》をすくめた。そのとおりだと思ったけれど、賛成しては悪い気がした。賛成するということは、彼女と自分の暮らしをとりかえるくらいなら千回も死んだほうがまし、と大っぴらに言うのと同じ気がした。

このころのチューリップはもう畑をうろついたりせずに、許されるかぎりホテルにやってきた。そして、ママに向かってお世辞《せじ》を言ったり、パパとふざけたりしていた。

「おはようございます、ミスター・バーンズ」

「おはよう、チューリップ、よく来たね。ところでお客様は、遅《おそ》めの朝食をお望みでしょうか？　このキッチンでも召《め》し上がれますが、それは支配人と相談のうえ、ということになっております」

「あのー、きょうの朝食は、おいくらですか？」

「そうですねえ、本日は土曜日だし、ハイシーズンだから、少々高めに請求《せいきゅう》しないといけませんね。ええっと、キス三回ということでいかがでしょうか？」

パパが眼鏡《めがね》をはずすと、チューリップはパパのほっぺにキスして、数をかぞえた。

「いっかい、にかい、はい、さんかーい！」

「よーしよし。お支払《しはら》いがすみましたので、ではソーセージをもう一本おつけしましょう」

パパは、ソーセージをお皿にポンと投げ入れる。これはパパの得意わざだ。チューリップはじっと見つめているけれど、見ているのはソーセージの描くきれいなカーブではなくて、ソーセージそのもののほう。

チューリップは、おいしいものには目がなかった。ちょっと姿が見えないと思うと、必ずキッチンにもぐりこんでいた。何かおねだりしては口をもぐもぐさせながら、もっと何かもらえないかと目をこらしている。クリームたっぷりのトライフル、チョコレートケーキ、それからいちばんの好物のチェリーメレンゲパイ。

「ねえ、チューリップってば。おもちゃ部屋に行こうよ」

「すぐ行くから、先に行ってて」

何分かたつと、チューリップは急な木の階段をはい上がり、忘れ物のおもちゃやゲームの山をかき分けて、あたしのところへやってくる。

パレス・ホテルに子ども連れで宿泊《しゅくはく》するような人たちは、帰る前日に、野球のバットだの、なくした人形だのを探しまわるようなことはしない。だからあたしたちは、睡蓮《すいれん》の池にある男の子の石像にリンゴを思いきり投げつけたり、砂利《じゃり》道で駆《か》けっこするのにあきると、目新しいものを探しにおもちゃ部屋へ上がっていった。あるときはホッピングを見つけて夢中でとびはねたし、古い凧《たこ》をあげる方法も習った。チューリップは彫刻刀《ちょうこくとう》も使えるようになった。それからほんの短いあいだだったが、パッチワーク用の古ぼけた厚紙やら、押し花を作る複雑な機械やらに熱を上げたこともある。

「ねえ、変身ごっこ、やらない？」

トランクの中味は豪勢《ごうせい》だった。毛皮のショールやらマフ、軍服のような胸飾《かざ》りつきの服などが、あふれている。

「ここにはすごく古いものがあるじゃない。持ち主は、みんな死んじゃったんだよね？」

あたしは、お気に入りのタフタのドレスを自分の胸に押し当てていた。

「そりゃあそうよ。だって最近は、忘れ物は送り返してるもん。パパが言ってたけど、忘れ物を送り返す仕事で、火曜日がつぶれちゃうんだって」

チューリップはあたしの頭に、茶色のフェルトの帽子《ぼうし》をぐいっとかぶせた。

「はい、あんたはヘンソン先生のお母さまね」

あたしは、紫色《むらさき》のケープをチューリップの肩にかけ、ぼろぼろのパラソルをわたした。

「じゃあ、あんたはバラクラフ先生の大おばさんよ」

あたしたちは、ぶかぶかのハイヒールをはいて、物置の中を気取《きど》って歩きまわった。

「まあ、奥《おく》さま、わたくしの甥《おい》が指導した、シンデレラの劇をごらんになりまして？」

「ごらんになりましたでございますわ」

「すんばらしく才能のある若い女優が二人、いましたでございますこと。チューリップとナタリーとかいう名前の。ほんとにうまかったですわ。わたくしはチューリップが最高だと思ったざんすわ」

「ま、あたくしはナタリーのほうがよかったざんすわよ」

「あーら、チューリップでございますわよ」

「ナタリーですったら」

「チューリップですったら」

二人はレスリングを始めて、古着の山の中にころがった。虫よけのナフタリンのにおいがツンと鼻についた。

「引き分け！」

あたしがハアハアしながら言うと、チューリップは手を離《はな》した。

「オッケー、引き分け！」


時が過ぎていった。そのころのあたしには、二種類の時間の流れがあった。チューリップといっしょのときの、くるくるところがるように流れ去る時間。夕方を告げる、クジャクのギャーッという鳴き声があんまり早く聞こえて、時計を見てびっくりする。それから一人のときの、のろのろと終わらない時間。いらいらして時計をのぞきこんでも、前に見たときから、情けないほど少ししか針は進んでいない。

だれも同情してはくれなかった。

「退屈《たいくつ》なら、ジュリアスと遊んでちょうだい」

「別に退屈なんかしてない」

あたしは退屈していたけれど、弟と遊ぶほど退屈ではなかった。チューリップがいない一分一分は生きているようには感じられなくて、ただの待ち時間に思えるというだけだ。

「それなら、退屈じゃなくても、弟と遊んであげなさい」

こう言われて、あたしはジュリアスと遊んだ。進んで遊ぶこともあれば、嫌々《いやいや》ながらのこともあった。でもいつも、何かが足りないという気がしていた。あたしの生きるべき本物の時間は、木立の向こうの、畑を越《こ》えたところにある。

そう、チューリップのいるところに。

9

ジュリアスの誕生日に、チューリップは、ゴムでできたカエルをプレゼントした。あたしたちはリサイクルショップで、そのカエルを見つけたのだ。

「ちょっと疵《きず》がついてるよね」

チューリップは心配そうだった。

「別にいいんじゃないの。ジュリアスは、疵なんて気がつかないよ」

「あの子って、ふわふわしたぬいぐるみなんかのほうが好みかなあ？」

「そんなことない。たぶんこれ、気に入るよ」

気に入るどころではなく、このカエルはジュリアスの宝物になった。ミスター・ハルーンという名前（ジュリアスをどうしようもないほど甘《あま》やかしたお客さんの名前だ）をつけて、一日じゅう持って歩いた。

ところが、お風呂《ふろ》に入ったときに、このカエルがタオルの下にまぎれこんだらしくて、見当たらなくなってしまった。ホテルの従業員の半分がカエル探しに狩《か》り出されたおかげで、一週間滞在《たいざい》していたオーストリア人の女性は、二十分も飲み物を待たされるはめになった。この女性はこれにこりて、いっしょに滞在していた妹に頼《たの》みごとをした。妹はバラの模様のタペストリーを製作中だったが、その合間《あいま》に小さなリュックをこしらえてほしいと頼んだのだ。小さなリュックにミスター・ハルーンを入れて背負っていれば、なくなることもないし、ついでにジュリアスの両手も自由になる。

　ジュリアスは、このカエル入れのリュックを、ひっきりなしにしょっていた。やがて、オーストリア人の姉妹のお客は、ホテルを去った（でもホテルを出る前に、リュックのふたに、つやのある絹で「ミスター・ハルーン」と名前をアップリケしてくれた）。

　さて、ちゃっかりとほめ言葉をいただくことになったのは、チューリップだった。パレス・ホテルを行きかう人たちは一人残らず、このカエル入れのリュックをほめた。カエルをしまえて、しかもカエルがもぐってしまわないよう、うまく作ってあったのだ。そばにあたしたちがいれば、ジュリアスは必ずチューリップを指さして、うれしそうに言った。

「チューリップがプレゼントしてくれたんだよ」

　お客たちはみんな、チューリップをほめそやした。

「なんてかわいいリュック！」

「絹のアップリケがきれい」

「上手に縫《ぬ》ってあること」

チューリップはつつましくほほえみ、照れたように手をふり、でも、ほめ言葉はありがたくちょうだいしていた。自分のしたことではないことでほめられていたのだが、ジュリアスは気にもとめなかった。それもそのはず、ジュリアスにとって大切なのはカエルで、そのカエルをくれたのは、まちがいなくチューリップだったのだから。

不思議なのは、あたしもそれを気にしなかったということだ。お客がソファから身を乗り出して、チューリップをさかんにほめる。するとそのお客の連れがこちらを向き、あたしの腕《うで》を軽くたたいて言うのだった。

「きみの友だちは、かしこい子だねえ」

チューリップの奴隷《どれい》のあたしは、彼女《かのじょ》のすることはどんなことでも認めた。彼女が縫い物の天才であるかのように、あたしも得意がっていた。

10

あたしがやらされていたお手伝いのひとつに、毎朝学校に行きがてら、ジュリアスを保育園に連れていくというのがあった。ホテルの敷地《しきち》内の道を出て、橋をわたり（もちろん、はじの歩道を歩く）、保育園へと細い道を歩いていく。園の出入り口では、子どもたちが明るい色のコートや長靴《ながぐつ》を脱《ぬ》ぐので大騒《おおさわ》ぎをしている。

ジュリアスのバイバイは、顔を上げてくちびるをぺっとり押《お》しつける、特大のキスだ。

「ジュリアスってば、ひっつき虫なんだから！」

ジュリアスは、「不眠症《ふみんしょう》の怪獣《かいじゅう》」から「すなおで愛情豊かな子ども」へと変身していた。「悪魔《あくま》から天使に変身」と、パパもママも言っていた。手をつないでいっしょに歩きながら、ジュリアスがひっきりなしにおしゃべりするのを聞くのは、けっこう楽しかった。

あたしは朝、チューリップと待ち合わせをしてはいけないことになっていた。彼女《かのじょ》はしょっちゅう欠席なのに、あたしはいつまでも待っていて、結局遅刻《ちこく》してしまうから。たまにチューリップは、どこかの塀《へい》とか橋のかげから飛び出してきて、あたしを驚《おどろ》かすこともあった。いっしょに歩きながら、チューリップは言った。

「〈クサいヤツ〉をしようよ」

「ここからずうっと？　バス停にいる人たちに、やるってこと？」

「そう。全員に。あのボデルのおばさんにもやるんだからね」

すれちがった人たち全員が、あたしたちのいたずらの生贄《いけにえ》になる。別にひどく無礼なことをするわけではない。ただ鼻にしわを寄せたり、あたりを嗅《か》いだり、くさそうに顔をそむけたりするだけだ。風が強くてみんなが顔をふせているときには、このゲームはうまくいかない。でもそうでなければ、不安そうな人々の行列ができあがる。そっとふり向くと、上着を直すふりや、ベルトを締《し》めなおすふりをしながら自分の臭《にお》いを調べている人たちがいて、おかしかった。

ところが、このいたずらを、ボデルさんというおばさんに、すっかり見抜《みぬ》かれたことがあった。ボデルさんは断固とした態度で、あたしたちをおどかした。

「今、アーリンガム行きのバスを待っていますけれど、帰ってきたらすぐに校長先生にお話しに行きますからね。ナタリー・バーンズ、あなたのご両親を、わたしが知らないとでも思ってるの？　あなたのしたことを聞いたら、ご両親はずいぶん恥《は》ずかしい思いをするでしょうね」

そのボデルさんを、きょうも生贄にしようというのだ。彼女の大きなおしりの後ろで、こっそりやれば見つからないだろう。それでもあたしはこわくって、ずるをした。バス停に近づくと、自分のお弁当の袋《ふくろ》を出して、それに鼻を近づけたのだ。クンクン嗅いだり、鼻にしわを寄せるのは、お弁当のサンドイッチのせいで、ボデルさんとはなんの関係もありません、と弁解できるように。

校庭に着いて安心すると、あたしはチューリップに文句を言った。

「あんたのほうが派手にやってるのに、あのおばさんは、いつもあたしのことばっかりおこるのよ。すっごく不公平」

そんなことはわかっていた。ママも言っていたけれど、チューリップといたずらを始めると、結局あたし一人がひどい目にあう。あたしはいつもおこられ役だった。

チューリップは一度か二度、ジュリアスを生贄にしようとしたことがあった。あたしが〈かばん落とし〉をやろうと言ったとき、チューリップは〈森の捨て子〉という新種の遊びを考えついた。ジュリアスといっしょに歩きながら、あたしたちが次々に木の後ろにかくれてしまうのだ。もちろん、ジュリアスはおびえる。すると、何くわぬ顔で、まずあたしが現れる。ジュリアスがふり向くと、チューリップも何事もなく立っている。それからチューリップがジュリアスの気をそらせ、そのすきに、またあたしが消える。ジュリアスがあせってふり返ると、今度はチューリップも消えている。これをやると、ジュリアスは、こわいのと悔《くや》しいのとでビービー泣いた。

まるで何度もやったみたいに、はっきりと記憶《きおく》に残っている。ママにばれなかったら、もっと続けていたのかもしれない。でもあのとき、ママは騒ぎを聞いて駆《か》けつけてきた。そしてジュリアスが、わけのわからないことをわめきながら、涙《なみだ》をふきこぼしてワンワン泣いているのを見つけた。

「二人とも、今すぐに出てきなさい」

あたしはすぐに姿を現したが、チューリップはもう消えていた。姿が見えなくてもかまわずに、ママはチューリップに向かって、きつい声で警告した。

「チューリップ・ピアス、言っておきますが、今度またジュリアスをいじめたりしたら、絶対に許しませんからね。ナタリー、あんたもそうよ」

あたしはその後一週間、罰《ばつ》として、ジュリアスよりも早く寝室《しんしつ》に行かされた。ママかパパが「ナタリー、寝《ね》る時間」とわざと大声を出す。お客は最初の一杯《ぱい》のジントニックを飲みはじめたばかりなので、びっくりして目を上げる。となりのお客とうわさをしているのが聞こえる気がした。「寝る時間だってさ？　あの子はそんなに小さい子どもじゃないはずだが」。

このときから、あたしは、ジュリアスが楽しんでいると確信が持てるとき以外は、ジュリアスをからかうことはやめた。チューリップも賛成した。なぜなら、もうじきクリスマスで、チューリップは最高にいい子でいる決心を固めていたのだ。

チューリップは、パレス・ホテルでクリスマスを過ごしたいと熱望していた。自分ではあまりはっきりとは言わなかったが、チューリップの家のクリスマスは、パッとしないものらしかった。飾《かざ》りといっては、薄汚《うすよご》れたクリスマス用馬小屋セットと、頭がぐらぐらのサンタクロースの人形を出すだけ。プレゼントの包み紙やリボンは、去年のものをしわを伸《の》ばして使う。ごちそうは七面鳥とクリスマスプディングだけはあるものの、ただそれっきり。

チューリップの熱烈《ねつれつ》なお願いは、最初は、うちの両親をとまどわせた。

「朝、すぐに来てもいい？　クリスマスのごちそうの前に来ていい？」

「でも、チューリップ、それじゃお宅のご両親に悪いわ。あなたのご両親だって、家族そろってクリスマスのお祝いをしたいと思っておいででしょうに」

チューリップは、さっとにこやかな仮面をかぶった。

「ううん。うちの親はそんなこと、気にしないの。いつも、あたしに兄弟がいて、にぎやかにクリスマスを過ごせるとよかったのにって言ってるもん。だから、あたしがナタリーといっしょなら、パパもママも喜んでくれると思う」

本当らしくは聞こえなかったけれど、ママはついに折れることにした。

「そういうことだったら、うちのみんなは歓迎《かんげい》してくれると思うけど」

あたしは今になって考える。パレス・ホテルでクリスマスを過ごすために、チューリップはいったいどれほどの犠牲《ぎせい》を払《はら》ったのだろう。ホテルの滞在客《たいざいきゃく》はただお金を払えばいいだけだが、チューリップの払ったものはもっと大きかったはずだ。

あるとき、学校からいっしょに帰るとちゅう、あたしたちに向かってどなっている人がいた。見上げると、ミスター・ピアスがトラックの窓から首を出していた。

「チューリップ、おまえ、おれより先に家に帰ってろよ。遅《おく》れてきてみやがれ。おまえの毛をひっつかんで、丸ハゲになるまで、ぶんまわしてやるからな」

あたしはその場に凍《こお》りついた。ハゲになるまでぶんまわす？

チューリップは、さっさと逃げてしまっていた。あたしは、チューリップのかばんから落ちたものを拾いながら、曲がり角まで追いかけていった。遊んでいるときにチューリップが口にする恐《おそ》ろしい言葉が、頭に浮《う》かんだ。

「バナナの皮をむくみたいに、生きたまんま皮をひんむいてやる」

「気に入らない顔をしたやつは、ぶっころす」

「顔をボコボコのジャガイモにしてやろうか」

すごい言葉をよく思いつくものだと、あたしはチューリップの才能に感心していた。でも、まちがっていたのだろうか？　あれは彼女が考えたのではなく、あの恐ろしい父親が実際に口にした言葉だったのだろうか。

あの年のクリスマスは、あたしにとってはかけがえのない、すばらしいクリスマスだった。もっともクリスマスの思い出は、どれをとってもみんな赤と金色に美しく彩《いろど》られているほど、あたしは恵《めぐ》まれていたのだが。テラスにそって華《はな》やかな光の装飾《そうしょく》がなされて、明かりがキラキラまたたいている。クリスマスツリーは五つもある。目につくかぎりのものはみんな光りかがやいていて、そのうえ目もくらむほどのごちそうがあった。

「小さい窓のついたパイが食べられる？」

「ナタリーったら、クリスマスにあのパイを食べなかったことなんて、あったかしら？」

「ピンク色の大きなお魚がのったお皿、出てくる？」

「あれはサーモンだよ、チューリップ。もちろん、サーモンの大皿は出てくるよ」

「去年食べたワインゼリーもある？」

「もちろん、ワインゼリーもあるわよ」

「あたしが豆電球をつけてもいい？」

「いいとも。それじゃあ、豆電球をつける係はチューリップだね」

クリスマスにはみんながみんな、チューリップを甘《あま》やかした。パパは苦い顔で、チューリップもクリスマスだけは自分の年齢相応《ねんれいそうおう》にふるまうね、と言っていた。チューリップにとっては、目をまん丸にしたり、口をあんぐりと開けたりすることだらけだった。一度など、まるで小さいジュリアスみたいに、クリスマスツリーの下をあさっては、装飾用のプレゼントの箱をひとつひとつふっていた。そこに置いてある箱はただの飾りだと教えられていたのだが、本当に空っぽかどうか確かめていたのだ。

ママは毎年、チューリップをなんとかまともに見せようと、何か着るものを探してきた。

「チューリップ、このドレス、ストダートさんの娘《むすめ》さんのセシリーのものなの。でもあの子は、きょうは緑色の服を着てるでしょ。たぶんあなたに合うと思うから、きょうだけ借りて、着てみない？　貸してあげるだけだから、着たまま帰ってもらっちゃ困るけど」

一瞬《いっしゅん》ヒヤリとする空気が流れたが、パパがうまく助けてくれた。

「ドレスといっしょにきみまで持って帰っちゃ困るって、ストダートさんにも注意しないとね」

チューリップは、気にさわることなど何も聞かなかったというふりをして、その美しい服を借りることにした。チューリップがドレスを抱《だ》きしめたままでいるので、ママが事務室に連れていった。チューリップにバンザイをさせて、ペラペラした薄いセーターを脱がせ、安物のスカートのホックをはずした。深い青のベルベットのドレスがするすると彼女をおおうと、やせてひょろひょろした姿がスラリとした姿に変わり、ぼろ靴がかくれた。

「これ、きょうずっと、着てていいの?」

「いいわよ、きょう一日」

チューリップはその日一日じゅう、ベルベットのありもしないしわを直しては、鏡を探して歩いた。何度もうまい口実を見つけて、あたしを追いはらった。あたしが駆けもどってくると、チューリップは空想の舞踏会《ぶとうかい》の最中で、一人で膝《ひざ》をかがめておじぎをし、くるくるまわってスカートをひらめかせてはそれを鏡に映して、うっとりしていた。

パパはパパで、彼女を甘やかしていた。

「小鳥ちゃん、ほら、くちばしを開けて」

チューリップは顔いっぱいに喜びの表情を浮かべて、目を閉じ、ツグミのひなのように精いっぱい口を開ける。パパはそこに、カナッペやら、小さなチキンパイやらをポンと入れる。チューリップはこうして、お昼が食べられないほどおなかをいっぱいにする方法を覚えた。

そうして夕食のあと、家に帰ろうとする気配がないので、パパはチューリップをちょっとわきに呼んだ。

「すっかり遅《おそ》くなっちゃったから、帰る前にお風呂《ふろ》に入っていくかい？」

彼女はまた、笑顔の仮面をかぶる。

「もしかしたらここに泊《と》まるかもって、両親は知ってるの。そうしてもいいって言ってました」

パパは、困った顔をしてチューリップと目を合わせたけれど、すぐに自分から目をそらせた。

「それなら、まあいいか。ほんとにご両親は知ってるんだね」

パパは、チューリップとあたしの両方と手をつないだ。ジュリアスは買ってもらったばかりの三輪車に乗って（室内で乗るのはきょうだけにしてね、とお客全員に言われていた）先頭に立ち、みんなでピアノのところまで行進していった。どうせお客さんたちの歌なんか、たいしたことはないと思っていたのに、すばらしい歌声が流れてきて圧倒《あっとう》されてしまった。

大きなホテルでクリスマスを過ごすことにした人たちの集まりは、不思議なぐあいに温《あたた》かかった。だれかがあたしたちの肩《かた》をたたいて、クリスマス・キャロルの楽譜《がくふ》のどこを歌っているか、指で示してくれた。ほかの人たちは、あたしたちがもうどれほど食べすぎているか知らずに、お菓子《かし》の包みをむいて、手わたしてくれた。白髪《しらが》をきれいな色に染めた女の人の金歯が、キャンドルの光でキラッと光ったのを覚えている。男の人からは、タバコのにおいがした。ミスター・ハーンズの両手は、軽やかにピアノの上をすべった。

チューリップは、美しいブルーのドレスを着て『まきびと羊を』や『聖《きよ》しこの夜』を歌っている。その生き生きと上気した顔を見て、彼女が翌朝家に帰ったとき、ここではだれも耳にすることもないようなひどい言葉でののしられることなど、だれが想像できただろう。

11

彼女《かのじょ》が自分から正体を現す前に、パパは見抜《みぬ》いていたようだ。

「あの子はかわいい笑顔を浮《う》かべながら、かげでは相当ひどいことを考えていそうだね」

そのとおりだった。冬休みが終わって学校が始まった最初の日のこと、チューリップが校門であたしを待っていた。

「持ってきたよね？　忘れてないよね？」

あたしは手わたした。彼女は目をかがやかせ、踊《おど》るようにして、ジェイミー・ウィットンを探しに行った。そして彼《かれ》の手に、小さな箱を押《お》しつけた。

「これ、なに？」

「さあ、なんでしょう？　クリスマス・プレゼントに決まってるでしょ」

ジェイミーは疑わしそうにふってみた。

「だってもう、クリスマスは終わったんだよ」

もし、チューリップが何か言いわけをしたなら、ジェイミーももっと用心したかもしれない。でもチューリップは、ただ肩《かた》をすくめただけだった。それにチューリップは、自分の話を信じてもらうために、人によく物をあげていた。

ジェイミーはあたりを見まわした。ヘンソン先生は階段のところに立っていて、もうすぐベルが鳴るところだ。

「どうして、ぼくにプレゼントをくれるのさ？」

「あげたいってだけ」

「ぼく、お返しを持ってないよ」

「そんなの、気にしないで」

チューリップは自然で、でも恥《は》ずかしそうでもあるよう、うまくやった。このぶんなら、いたずらは成功しそうだ。

「チューリップ――」

「しっ！」チューリップはきつい声であたしを黙《だま》らせると、ジェイミーに言った。「さあ、早く開けてみて。その箱があんたに噛《か》みつくとでも思ってんの？」

あたしはどうして、こんなふうに言えなかったのだろう。「開けちゃ、ダメ。プレゼントってウソよ。あたしたちがきのう、バカをやっただけ」。そうすれば、ジェイミーはあれを投げ返し、チューリップは落とすだろう。でも、そうなったらもちろん、チューリップはさっさとその場を立ち去ってしまう。ジェイミーを残し、あたしも残したまま。

それがこわくて、あたしは突《つ》っ立ったまま見ていた。ジェイミーは銀色のひもをそろそろほどいて、ピカピカ光った包み紙を開いた。箱のふたを開けると、丸めたティッシュの中に黒っぽい渦巻《うずま》きが見えた。ひからびた犬のうんこだ。

「やったね！　あんたにぴったりのクリスマス・プレゼントは、それよ。メリー・クリスマス！」

チューリップは歓声《かんせい》をあげた。

「メリー・クリスマス！」

あたしも声をあげた。

まんまとひっかかったジェイミーは、なんとかもちこたえようとした。

「クリスマスなんか、とっくに終わってるよ。ちぇっ、つまんないじょうだん」

そう、たぶんクラスのほかの子なら、こんなことで傷ついたりしなかっただろう。ジェイミー以外なら。チューリップは犠牲者《ぎせいしゃ》を選ぶコツを知っていた。きのうラジエーターのそばで乾《かわ》いた渦巻きを見つけて、あたしにシャベルを持ってくるよう言いつけたときから、頭の中にはジェイミー・ウィットンが浮かんでいたにちがいない。

チューリップは正しかった。彼は一日じゅうがんばって、平気なふりをしつづけた。「あんなのにさわるほど、にぶいもんか」、「何が入ってるか、わかってたに決まってるじゃん」、「おまえたち二人って、どうしようもないバカ」。でも、終業のベルが鳴ったとたんに、チューリップはあたしを引っぱって校庭を横切り、壁《かべ》のかげにかくれた。

「ちゃんと頭をかくして」

「なんで？」

「いいから、ここで待って」

きつい声がした。

言うとおりにして待っていると、学校の外でお迎《むか》えの車の音がした。バタンとドアを閉める音がして、次々に車が去っていく。

チューリップが言った。

「ほら、今よ。見てごらん」

完璧《かんぺき》なタイミングだった。あたしたちが頭を上げたとき、ちょうどジェイミーのお母さんはギアを入れて、車を発進させるところだった。ジェイミーはあたしたちを見つけてあわてて顔をそむけたけれど、それでもあたしには見えた。きれいに洗ったばかりのフロントガラスの向こうで、こらえきれなくなった涙《なみだ》がジェイミーのほおをすべり落ちるのを。ふり返ると、チューリップがうれしそうに、ニヤニヤしていた。

もうひとつ、忘れられないことがある。睡蓮《すいれん》の池にある少年像のところへ行こうと水の中をジャブジャブ歩いていて、あたしは膝《ひざ》をけがしたことがあった。その前に、チューリップと二人で何時間もかけて帽子《ぼうし》にきれいな羽飾《かざ》りをつけたのだが、その帽子を手に持ったまま、ころんだのだ。帽子を守ろうとして手をつかなかったために、彫刻《ちょうこく》の台座のするどい角で、膝をざっくり切ってしまった。

傷口から血が吹《ふ》き出した。それを見て、あたしはこわくなった。水の中を一足歩くごとに、水に血が流れ、そしてまた吹き出す。

チューリップが叫《さけ》んだ。

「急いで！　早く早く！　走るんだってば！」

水の中では、走れるわけがない。やっと池の縁《ふち》にたどりついたときには、心臓が破れそうだった。チューリップはあたしの手から帽子をひったくったが、帽子はちっともぬれていなかった。

「たいへん、子どもが！」

お客の一人が散歩していて、事件を見ていた。その人がクジャクを追いはらって、あたしをテラスに連れていき、柱に寄りかからせてくれた。だれかがバーからテーブルクロスを持ってきた。布はあっというまに血で染まった。それからタオルが運ばれてきて、パパとママが現れた。

パパは車を取りに行き、花壇《かだん》すれすれのところに停《と》めた。そのあいだチューリップは跳《は》ねまわっていて、みんなのじゃまをしていた。あっちからもこっちからもアドバイスが飛んできた。

「六針くらい縫《ぬ》うことになりそうよ。覚悟《かくご》を決めてね」

「外科に行っちゃダメだ。まっすぐ緊急《きんきゅう》外来に行ったほうがいい」

「落ちついてね、ミスター・バーンズ。こういうけがは、見た目ほどひどくはないから」

パパが角を曲がって現れた。パパの後ろで、エンジンがブルンブルンいっている。あたしはテラスごしに、パパの腕《うで》に手わたされた。パパがあたしを抱《だ》いて後ろの席に乗せようとするのを、ママが追ってきた。あたしはドサリと席に下ろされ、そのとなりにママが乗りこんで、ドアを閉めた。

すると、だれかがまたドアをあけて、もっとタオルを押しこんだ。

「まあ、すみません。ありがとうございます」

ママが言った。

そのとき、反対側の窓をするどくたたく音がしたので、あたしはそっちを向いた。すると車のわきで、チューリップがサルのようにとびはねていた。舌を突き出し、首をぐらぐらさせ、顔のわきで両手をびらびらさせて、力いっぱい人をバカにしている。

あたしが顔をそむけると、今度は、そんなチューリップを見つめているママの顔が見えた。あたしはぎゅっと目をつぶった。今、あたしは目をつぶることはできる。でも目をつぶっても、あのふたつの顔を消すことはできない。

チューリップの顔？　もちろん、みにくくゆがんだ、思いやりのかけらもない顔だ。

でも、ママの顔は？

なぜか、ママの顔を思うほうが、ずっと、ずっとつらい。うまく説明することはできない。でもママは、ふつうなら大人が子どもを見るときには決して浮かべない表情をして、チューリップを見ていた。あたしが言えるのは、ただそれだけだ。

12

チューリップは、しょっちゅうバカげたことをする。おかげで、校長室の前に立たされている時間がどんどん増えて、自分の教室にいる時間と同じくらいの長さになった。

ある日、あたしは、ワインを点検中のパパとおしゃべりをしていた。貯蔵室のワインを毎月チェックするのは、パパの仕事なのだ。あたしはおしゃべりのついでに、つい、チューリップがいつも校長先生に叱《しか》られている話をしてしまった。

パパは、それとなく話題を変えたのだけれど、あたしが言ったことでショックを受けたようだった。二日間は何事もなかった。それから、ウィル・スタナードという子が歯医者に寄ったために遅《おそ》く登校してきて、あたしのパパの車が学校の外に停《と》めてあると教えてくれた。

翌朝、バラクラフ先生があたしたちの教室にやってきて、こう言った。

「ナタリー、きみの席を移動しよう。バーニーのとなりに座りなさい」

チューリップはいきりたった。

「なんで、ナタリーが席を変わんなきゃいけないの？」

バラクラフ先生は、口先まで出かかったきつい言葉を飲みこむようにして、こんなふうに言った。

「先生たちみんなで考えたんだが、少しばかり席がえをしたほうが、みんなにとっていい結果になると思うね」

チューリップはカッと怒《いか》り狂《くる》って、自分の机の上のものを全部、床《ゆか》へとぶちまけてしまった。

「ナタリーのとなりに座れないなら、あたしはもう勉強なんかやんない」

ほかの生徒がこんなことをしようものなら、大変な罰《ばつ》を受けただろう。でもチューリップのこととなると、先生たちは半分恐《おそ》れ、半分見放しているようだった。バラクラフ先生も、そのまま放っておいた。それで、チューリップは授業のあいだじゅう、石のような顔つきで腕組《うでぐ》みをして、ただ座っていた。そんなチューリップを先生は無視していたが、ベルが鳴ると、いつものように校長室に行かせた。

休み時間、あたしはまたひとりぼっちだった。ほかの子たちはだれも、あたしには近寄らない。チューリップのすさまじい反抗《はんこう》ぶりには、生徒たちまで恐れをなしていた。だから、万が一チューリップが休み時間内にもどってこられたとしても、みんなはいつもどおり警戒《けいかい》して、寄りつきもしない。

公平に考えると、先生たちは努力してくれていたと思う。あたしがほかの子と友だちになれるように、授業中に何度も何度もチャンスを作ってくれた。

「ナタリー、スーザンといっしょに、廊下《ろうか》に新しい飾《かざ》りつけをしてくれない？」

「ナタリーとマーシー、あなたたち二人で、ここに椅子《いす》を並べておいてね」

スーザンもマーシーも、あたしが話しかければ、答えてくれる。この子たちと友だちになったらどんなだろう、と思ったこともある。でも教室にもどってくると、チューリップのほうへと目を向けないではいられなかった。チューリップは、小さな飢《う》えた目で、するどくあたしを見ている。あたしが裏切らなかったか、まだ彼女《かのじょ》のものか、読みとってやるとでも言うように。

そのころはもちろん、チューリップがなぜあたしを必要とするのか、考えもしなかった。でも今では、その理由のひとつはこんなことではなかったかと思っている。つまり、あたしのようにあまり個性のないふつうの子を友だちにしていれば、チューリップは、自分がみんなにきらわれていると認めなくてすんだのではないだろうか。

きらわれるというなら、チューリップはだれからもきらわれていた。なぜなら、何もかもを台無しにするから。

「残念だけれど、まだ始められません。チューリップがしたくができていないのです」

「また問題を起こすようなら、なわとびは禁止しますよ。チューリップ、聞いてるの？」

「がっかりする人が多いかもしれませんが、前回の社会見学のときに問題を起こした人がいる以上……」

先生たちは限界にきていた。

「チューリップ、あなたはどうして、自分自身を困らせるようなことばかりするの？」

チューリップは先生をにらみつけるだけで、答えなかった。あたしたちが前にやっていた〈だんまりバカ〉という遊び、まるであれをやっているようだ。

「チューリップ、答えなさい」

それでも答えはない。ほかのクラスの子たちが廊下を通って、好奇《こうき》のまなざしを注いでいく。

「自分でもわかっているんでしょ？　こんなバカなことをするのは、またみんなの注目を集めたいからよね？　でも、チューリップ、ここにはたくさんの子どもがいるの。学校はあなただけのものじゃないわ」

このままあと数分間沈黙《ちんもく》が続くと、どの先生であれ、神経がまいってしまう。

「もういいわ。みんなのところへ行って、休み時間を過ごしなさい。次に教室にもどってくるときには、ちゃんとしてくれるよう祈《いの》ってます。さっさと行きなさい」

校庭に出ると、チューリップはののしったり、キーキー大声を出したり、給食のおばさんに生意気な口をきいたりと、やりたい放題だった。あたしはただそばに立って、それをながめていた。

　ある日、あたしに呼び出しがかかった。だれかが階段のところから大声で伝えたので、まわりにいた子たちまでが騒《さわ》いだ。

「ナタリー、校長先生が校長室へ来なさいって。今すぐだって」

「ナタリーが校長先生に呼ばれたんだって！」

「ナタリーってば、早く校長室へ行かなきゃ」

「校長室へ行くだけじゃないみたい。校長先生がナタリーとお話しするみたい」

「大急ぎよ、ナタリー」

　恐ろしさのあまり、世界は色を失った。あたしはよろよろと階段を下り、自分の顔のようによく知っているはずの廊下の曲がり角で、どっちへ行けばいいのかわからなくなった。

　校長先生の秘書が見ている前で、あたしは校長室のドアをノックした。

「ノックしたのは、ナタリー・バーンズですか？」

　びくびくしながら、ドアを押《お》した。ところが、校長先生はもうそこまで来ていて、内側からドアをぐいっと引いた。それから、あたしのトレーナーの襟首《えりくび》を引っぱるようにして、あたしを窓のほうへと連れていった。

「見てごらんなさい。あれをやっているのは、あなたの友だちですか？」

先生は指さして、大声で言った。チューリップが低学年の子たちのところへ行って、小さな子が遊んでいたのをけちらして、いじめていた。

「あの子を見てごらんなさい。みんなを嫌《いや》な目にあわせて、なんてひどいことを！」

校長先生が気持ちを落ちつかせようと努力しているのが、わかった。

「ここへお座りなさい、ナタリー。あなたと話をしたいと、ずっと思っていたんですよ」

どんな話をしたのか、あまりよく覚えてはいない。突然《とつぜん》クッションつきのソファに座らされ、大人のように話しかけられて、こわかったことだけが記憶《きおく》に残っている。緊張《きんちょう》のあまり、先生の話さえあまり頭に入ってこなかったから、自分の思っていることをちゃんと伝えるどころではなかった。校長先生は、「チューリップの直面している困難」とか「まわりの生徒にあたえる影響《えいきょう》」という言葉を繰《く》り返した。

話題の方向が少し変わったころに、びくびくしたウサギのようだったあたしも、少し落ちつきを取りもどした。校長先生が、うちの両親がどんなに心配しているかと言ったので、あたしはようやく口を開いて、こう言った。

「あのう、うちの両親は、それほどチューリップをきらっていないと思います。だって、チューリップをうちに呼んでもいいって言ってましたから」

先生はびっくりしたようだった。

「えっ、パレス・ホテルにですか？　本当ですか？」

あたしは断固として言った。

「はい。チューリップはよく、うちに遊びに来ます。父はチューリップに親切です」

これを聞いて、先生は困惑《こんわく》したようだ。パパの話から、もっとちがった印象を持っていたにちがいない。

先生は眉《まゆ》をひそめて言った。

「たぶんご両親は、あなたたち二人に、目の届くところにいてもらったほうがいいと思われたのでしょう。そう考えたことはない？」

反対しては失礼な気がしたから、そうかもしれない、という顔をしていた。でも、あたしにはわかっていた。ママは、あたしが寂《さび》しそうな顔でホテルをうろついているのを見るのが嫌なのだ。それでつい、チューリップを呼んでもいいと言ってしまう。あたしが部屋から部屋へと一人でふらふら歩いているのを見ると、ママは暗い気持ちになるのだろう。

パパのほうは、チューリップをかわいそうに思っていたのだろう。パパは、チューリップが学校だけでなく、家でもあたしに悪い影響をあたえていると感じていたかもしれない。でもある日、あたしたちが車で角を曲がったときのこと、チューリップのお父さんが植えこみのかげで、自分の犬を棒でひっぱたいているのを見てしまったことがある。そのときパパが浮《う》かべた表情は、あたしの目に焼きついている。

チューリップのお母さんは、道で出会うと、いつもこそこそかくれるようにしていたけれど、パパはいつもとりわけ親切に、ていねいにあいさつをしていた。パパは何も言わなかったけれど、チューリップの家のことをどう思っているのか、よくわかった。

チューリップの家のことをいろいろ知ったあとで、それでもチューリップに、うちに来てはいけないと言えただろうか？　パパにはどうしても言えなかったのだ。

もしかしたら校長先生は、パパは相談に来たというのに、あまり率直に事情を打ち明けなかったようだと思ったのかもしれない。いずれにしても先生は立ち上がり、あたしのハラハラドキドキはようやく終わった。

「ナタリー、先生がお話ししたいろいろなことを、ちゃんと考えてみてくれるわね？」

このときあたしの肩《かた》に置かれた先生の手は、やさしかった。そして、やさしくドアまであたしを送ってくれた。

「今、チューリップはあなたに『上着を持っててあげるポーズ』をしていますよ。これはあなたに悪い影響があると思います。このことを忘れないでね」

チューリップは校庭で寝《ね》ころがって、待っていた。

「先生、なんだって？」

あたしの心臓はまた強く打ちはじめた。

「別に。なんてこと、なかった」

チューリップはピリピリしていた。

「あんたってバカ？　じゃあ聞くけど、先生はなんて言ったのさ？」

チューリップのおかげでめんどうに巻きこまれることに、いらいらしていたのかもしれない。

このときばかりはあたしも、チューリップに反抗《はんこう》した。

「あたしはバカだから、言われたことなんか覚えてないの。残念ね」

チューリップはカッとして、近くのものをなぐりつけた。被害《ひがい》にあったのは、次の保護者会のお知らせのボードだった。給食のおばさんがこわい顔をしてチューリップに近づいてきたので、あたしはその場を離《はな》れた。角を曲がって、一年生専用の遊び場との境をうろついていた。

でも、ふと気がつくと、チューリップがマーシーといっしょに気取《きど》って歩いているのが見えた。チューリップは満足そうに、にこにこしている。校長先生とあたしが何を話したか知りたがっていたのをもう忘れたのかと思ったけれど、わざわざ確かめるようなことはしなかった。

でもその晩、ママからバーテンダーのジョージにことづけを頼《たの》まれたとき、あたしはいちばん親切なお客さんのそばに行って、質問をした。

「ヘンダーソンさん、教えてほしいことがあるんです。『上着を持っててあげるポーズ』ってどういう意味ですか？」

ヘンダーソンさんはジョージにウィンクすると、

「きみ、あの小さいお友だちとけんかしたんじゃない？　ちがうかな？」

と聞いた。

自分がまっ赤になったのが、わかった。

「けんかって？」

「その言葉は、けんかのとき使う言いまわしなんだよ。『上着を持っててあげるポーズ』っていうのは、だれかをけしかけて困ったはめにおちいらせて、喜ぶことだ」

それから、男の子みたいな甲高《かんだか》い声をまねて、言った。

「やれー、やれー。あいつが悪いんだから、あいつをやっつけろ。けんかできみの上着が汚《よご》れないように、ぼくが持っててあげるね。ぼくは安全なところに立って、見ててあげるよ」

ヘンダーソンさんはウイスキーをすすった。

「どうして、そんなことを聞くんだい？」

あたしはバーに長くいてはいけないと言われていた。何かいい理由を考えようとしたところで、ジョージがグラスをみがきながら眉毛《まゆげ》を上げて、出ていくように合図しているのがわかった。

あたしは踊《おど》るようにして出ていった。

「別に理由はないの。だれかが言うのを、学校で聞いただけです」

後ろ向きのまま、あたしは歌うように言った。


次の朝、チューリップが笑顔だった理由がわかった。保育園からずっと、あたしはいっしょうけんめいチューリップを探しながら歩いていた。ところが校門に着くと、チューリップはもう校庭にいて、マーシーと腕を組んでいた。

チューリップは冷たい声で「おはよう」と言った。

「きょうはマーシーがいっしょだけど、いいよね?」

あたしはうなずいた。マーシーはクレアとけんかをしていた。二人はよく大げんかをするけれど、すぐ仲直りをするので有名だ。だから、次の休み時間には、チューリップを取りもどせるだろうと思っていた。ところがその日一日、マーシーはあたしたちといっしょだった。あたしはみじめだった(チューリップはあたしをずっと「バカ子」と呼んでいた)。それでもあたしは、なんにも気がつかないし気にもしないというふりをして、二人につきまとっていた。

放課後、あたしたちはスーパーの前を通りかかった。

「中に入らない？」

チューリップの目つきから、しようと思っていることがわかった。

「きょうはやめとく」

と、あたしは言った。

「なんで？」

「店長がこっちを見てるもの。あたしたちに中に入ってほしくないって思ってる顔だよ」

「勝手に思わしときゃ、いいじゃん」

「でも、あたしは中に入りたくないっていう気分」

「フン、いくじなし」

マーシーがチューリップの腕を引っぱったので、結局あきらめて、裏へまわった。あたしたちは、駐車場《ちゅうしゃじょう》を区切っている低いコンクリートの仕切りを平均台にして、バランスをとって歩いて遊んだ。片足を上げてバレエのようなポーズをしているとちゅうで、チューリップがマーシーに、今朝、スーパーの店長から土曜日にアルバイトしないかと誘《さそ》われた、と言った。

「ウソ。あたしたちの年の子にバイトさせてくれるわけ、ないじゃない」

マーシーが言った。

「別に正式のアルバイトってわけじゃないよ。ただ店長は、あたしを見ると、死んだ妹を思い出すんだって。店長の妹は、まちがって鉛筆《えんぴつ》けずりを飲みこんじゃったんだって。それで喉《のど》がつまって、死んだらしいよ」

鉛筆けずり！　いつもの〈チューリップ・タッチ〉！　あんまりバカバカしいことを言うので、あたしはチューリップに腹が立った（それから、あたしをバカにして無視することにも）。そのせいで、チューリップがポケットから、見たこともない金のネックレスを取り出して指に巻きつけたときも、あたしは何も言わなかった。代わりにマーシーが、あれこれ質問した。

「それ、どうしたの？」

「あたしのよ」

「だって、それ、本物でしょ？　本物の金？」

「もちろん」

「見せてよ」

「見てるじゃない」

「そういう意味じゃなくて。ねえ、さわっていい？」

マーシーが興味を持ったことを喜んだチューリップは、ネックレスをマーシーの手の中に落とした。マーシーは太陽にすかして、じっとながめた。

「ねえ、これ本物の金よ。ほら、ここにヘンなしるしがついてるもん」マーシーは目を上げて、チューリップを見た。「これ、あんたのじゃないでしょ」

「あたしのだってば」

「そんなわけない。だってこれ、すごく高そうだもの」

チューリップの声が、おなじみの毒をふくんだ。

「高そうだからあたしのじゃないって、それ、どういう意味よ？」

マーシーは何も言わなかった。でも、目の前のチューリップが安物の服とくたびれた上着を着ているのを見れば、答えは必要なかった。

腹を立てたチューリップは、ネックレスを奪《うば》い返すと、できるだけ遠くに放り投げた。ネックレスは、まるで生きたヘビのように、ひゅるひゅると駐車場の上を飛んでいった。そうして、壁《かべ》のわきの巨大《きょだい》なゴミ捨てのドラム缶《かん》の中に、チャリンと音を立てて落ちた。

あたしたちはじっと見つめていたが、そのとき、チューリップがマーシーに言った。

「あんなの、もう、いらない。あんたにあげるから、持ってくれば」

マーシーはほんの一瞬《いっしゅん》、迷った。でもすぐに、ゴミ箱をあさってチューリップが捨てたものを探すという考えにぞっとしたらしく、くるりと後ろを向いた。

「そんなの、いらない」

それだけ言うと、さっさと歩いていってしまった。あたしの中に、あとを追いたい気持ちがつのった。マーシーの腕をつかんで、こう言えばいいのだ。「あれ、たぶんチューリップが盗《ぬす》んだのよ」。あたしたちは興奮を分かち合い、きっと友だちになれる。クレアと仲直りをしても、マーシーはあたしを追いはらいはしないだろうというところまで、考えていた。

でも、チューリップが口をきいたとき、あたしはまだ、ぼんやりとマーシーの去ったあとを見つめたままだった。

「帰るわよ」

橋までいっしょに歩いたけれど、あたしたちは仲直りをしたわけではなく、まだ一言も口をきいていなかった。

その後のことであたしが覚えているのは、次のことだけだ。チューリップは通学バッグの底をひっかきまわして、何かを探していた。いろいろな物を落としたあげく、あたしのほうをふり向くと、こう言った。

「ねえ、お願い、ちょっと手伝ってよ。あたしの上着、持っててくれない？」

第二部

1

きっかけを作ったのは、ジュリアスだった。ある朝、ジュリアスとあたしはバルコニーの柵《さく》に腰《こし》かけていた。ジュリアスは、スペリング練習帳に取り組んでいたが、突然《とつぜん》、こんなことを言った。

「チューリップって魔女《まじょ》なんだよ。お姉ちゃん、知ってた？」

「バカなこと言わないでよ」

「絶対そうだよ。だって、いっつも、ぼくの心の中がわかっちゃうんだから」

ジュリアスは言い張った。

「あんたの心の中なんて、だれにもわかるわけないでしょ」

「チューリップはわかるよ」

「そんなことより、ほら、スペリングを覚えなくちゃ。wheelbarrow（手押《お》し車）のスペルは？」

「w―h―e―e―l―b―a―r―r―o―w」

ジュリアスはさっと答えて、また元の話にもどった。

「きのうはね、ぼくが欲しかったケーキを当てたんだ。ママがケーキがいっぱいのっているお皿を持ってきてくれたとき、ぼくがどれを欲しいと思ったか、チューリップには読めたんだよ。それで、それを取ったんだ」

「あんたがジーッと見てたから、わかったのよ」

「ちがうってば。そりゃあ、小さいころはそうだったかも。でももう、そんなことしてないよ。今はただ、あれにしようって心の中で思うだけだよ」

心配そうにこう言うと、落ちつかないようすでもぞもぞ動いた。

「チューリップは、あれがうまくなってる」

「あれって？」

「だから、心の中を知る方法」

「ジュリアスってば……」

弟は一気に話した。

「それで、ぼく、別のことを考えるようにしたんだ。お皿の上のココナツケーキが欲しかったら、そうじゃなくて、『ぼくの欲しいのはチョコレートケーキだ』って、いっしょうけんめい思うんだ。そうしたら、ちょっとのあいだだけ、チューリップをだませたんだよ」

ジュリアスは、ぎゅっと両手を組んでから、おびえたようにまた開いた。

「でも、もうだませない。今では見抜《みぬ》かれちゃうんだ。ぼくの心の中が、チューリップにはすっかりわかっちゃうんだ」

そんなバカなことを考えるのはやめなさい、とジュリアスをさとすどころではなかった。そう、チューリップは魔女なのだ。この考えは、あたしを暴走させた。


この日を境に、自分の考えが本当に自分のものなのかどうか、あたしは自信がなくなった。最初は、ちょっとしたゲームのつもりだった（チューリップといっしょにやるさまざまな遊びとは別の、あたしが一人でするゲーム）。あたしは、こんな空想にふけった。その気になれば、チューリップはあたしの心の中を読みとれる。それどころか、自分の考えを直接あたしの頭に植えつけることもできる。そして渦巻《うずま》きを起こして、あたしを丸ごと支配する……。

本当にそうなるかもしれないと思って、あたしは自分を空っぽにしようとした。そうすると、自分があやつり人形になったような奇妙《きみょう》な気分がして、それがだんだんおもしろくなった。そのうち、チューリップとあたしで何か別のことをしているときも、あたしは心の中で、この〈チューリップ・タッチ〉ゲームをするようになった。そしていつのまにか、チューリップ本人を巻きこんでしまったのだと思う。

「ねえ、〈死人クラブ〉をやらない？」

チューリップが聞く。

「うん、あんたがやりたいなら」

「じゃ、あたしがリーダーね、いい？」

「いいよ」

「じゃ、決まり。最初はカフェを通って、それから図書室。最後に温室ね」

「オーケー」

まるで、あたしは自分の意志などないようだ。こんな卑屈《ひくつ》な友だちではチューリップもおもしろくないだろう、と思う人がいるかもしれない。ところが、そんなことはなかった。チューリップはこれが気に入っていた。

あたしたちは、チューリップが選んだ場所を、黙《だま》りこくったまま行進する。退屈《たいくつ》そうな顔をした人たちが、コーヒーカップを片手に日がな一日ぼんやりしていたり、ハンドバッグをまさぐったりしているのを、軽蔑《けいべつ》の目でながめていく。この死人みたいな人たちも、何か考えたりするのかしら？　何かおもしろいことがあるのかしら？　みんな、顔も死人のようだし、頭の中味も死んでいるみたいに見えるけれど、ほんとにそうなの？

三回目の行進のとき、パパに気づかれてしまった。

「そこの二人、外で遊びなさい。ここは、ゆっくりとくつろぐための場所だよ」

あたしたちはさっさとその場を離《はな》れて、二階の廊下《ろうか》で〈ぐにゃぐにゃ海岸〉をしたり、バーの外で〈デブの大声〉をしたりする。なんであれ、チューリップがやりたいと思うことを。

あたしが変わったことに、チューリップが気がつかないはずはなかった。でも、なんにも言わなかった。あたしはそのころも、どうしてチューリップは何も言わないのだろうと不審《ふしん》に思っていた。チューリップは、何かヘンだとは思わなかったのだろうか。

あるとき、チューリップがあたしに、ロビーを突《つ》っ切って、フロントからホテルの名前の入った便箋《びんせん》を何枚か持ってくるようにと言いつけたとき、こっそりふり返ってみた。チューリップは嫌《いや》な感じにニヤニヤしていて、生意気でいばって見えた。

あたしは便箋を持ってきた。でもそのとき、自分からつけた奴隷《どれい》の仮面が、はずれた。

「どうしてあたしが、あんたの言いなりにならなくちゃいけないのか、わかんない」

「えー、なんで？」

チューリップは横柄《おうへい》な声を出した。その表情に、はっきりと書いてあった。「あんたがあたしを選んだ理由は、はっきりしてるよね。じゃあ、このあたしは、どうしてあんたみたいな子を選んだの？　あんたはまるっきりバカだけど、今ではそのわけがわかってるわよね」。

2

助けの手を伸《の》ばしかけて、でもやっぱりやめてしまうなんて、なぜそんなことができるのだろうか。

あたしたちは、もうすぐ村の小学校を卒業して、町にあるタルボット・ハリー中学に進むことになっていた。パパがわざわざあたしとチューリップを探しに来るまでは、何か計画が進行中だなどとはわからなかった。

「そこのおじょうさん方は、きょうは何をしているのかな？」

チューリップは立ち上がって、膝《ひざ》についた草を払《はら》い落とした。あたしたちは〈ストーカーごっこ〉をしている最中だった（そんなことをしていたなんて、あたしたちが認めるはずはないけど）。でも、パパがまっすぐあたしたちのところにやってきたので、かくれていたのがばれてしまった。ついでに、あたしたちにストーカーされていたお客も、どこかへ行ってしまった。

「別に何もしてないけど、どうして？」

「いや、ちょっとね」

パパはさりげなく、あたりを見まわした。何か知りたいことがあるのだが、おしゃべりしながらさりげなく探り出す時間があるかどうか、迷っているようだった。そのとき、バルコニーにウエイターが姿を見せて、パパに「レストランに来てください」という合図をした。

パパはあきらめて、ストレートに聞くことにした。

「チューリップ、小学校を卒業したら、きみはどこの中学へ行くの？　タルボット・ハリー中学かね？」

チューリップは、しかめっつらで答えた。

「そうだと思います。ちがう中学の名前なんて出たことないし」

また、ウエイターが姿を見せた。どうやら、レストランで何か問題が起きているらしい。

「それなら、またナタリーといっしょだね」

パパは機嫌《きげん》よく言うと、「じゃ、またね」と急いで芝生《しばふ》を突《つ》っ切っていった。

あたしは、チューリップの顔を見ることができなかった。突然《とつぜん》、まるでおぼれかけている人のように、あたしは自分自身の命を救おうと、何かつかまるものを探していた。チューリップはいつも、あたしの顔色を読む。パパがウソをついているとあたしにわかったのだから、彼女《かのじょ》にもわかったにちがいない。

あたしは言った。

「クジャクって、きらいよ。ほら、みっともない歩き方してると思わない？」

チューリップは無視した。

「もし、あたしたちを離《はな》ればなれにしようとしているなら……」

チューリップは考えこみながら言った。

「もっと真剣《しんけん》にならないとダメよね」


その晩、パパとママが話しているのが聞こえた。

「ナタリーをヒースコート中学にやろうと思うんだ」

「ヒースコート中学ですって？　いったい、どうして？」

「あそこがいいと思うよ。遠いことは確かだけど、この村から通っている子も何人かいることだし」

あたしが見ているのに気がついて、パパは声をひそめた。それからママの腕《うで》をとって事務室に入ってしまったので、それ以上は聞こえなかった。でも、そのあと何日か、ママは何度もあたしの考えを探ろうとした。

「ねえ、ナタリー。あなたはどう思うの？　長い時間バスに乗ることになるけど」

あたしは肩《かた》をすくめた。

「それから、前からの……友だちといっしょにいる時間は、減るんじゃないか思うけど……」

ママは言いにくそうだった。

あたしはもう一度、肩をすくめた。もしヒースコート中学に通うようになったら、朝と夕方はチューリップと会うことはなくなるだろう。朝は早く家を出ることになるし、帰りは遅《おそ》い。週末がどうなるかは、よくわからない（チューリップと友だちになりたい子がたくさんいて、あたしの場所をねらっているというわけではないのだから）。でも、新しい学校に行きさえすれば、新しい先生がいて、新しいクラスメートがいて、バスでいっしょになる子もいるだろうから、新しい友だちができるだろう。

入学願書は、ホテルのフロントの書類入れの中に入れてあった。だれもいないときに、あたしはしょっちゅうそれにさわってみた。公立ヒースコート中学校、入学願書の締《し》め切りは八月十八日（木曜日）。自分で書くことだってできるくらい簡単な書類だった。名前、住所、生年月日、卒業した小学校の名前、兄弟の名前と年齢《ねんれい》、健康状態（問題がある者のみ記入）。

締め切り前の数日間は、ひどく落ちつかない気分だった。パパが現れたり、せきばらいをしたりするたびに、こう言うのではないかと期待していた。

「決めたよ、ナタリー。ヒースコート中学にしよう」

月曜日、まちがった肉が届けられてきた。仕事が終わってから、ウエイター二人がつかみ合いの大げんかをした。火曜日、ジュリアスの目に砂つぶが入り、強くこすってしまったため、医者に連れていかれた。水曜日はキッチンの検査の日で、これがあると何もかもがお預けになる。

そして木曜日、もしかしたらパパが階段を駆《か》け下りてくるかもしれないと思って、近くをうろうろしていた（「ナタリー、きみも車に乗らないかい。いっしょに学校を見に行こうよ」と言われるかもしれないから）。でも、何事も起こらず、だれも、どこへも行かなかった。書類入れを探してみたら、あの願書はまだまっ白なまま、そこに入れてあった。

翌朝、その週初めて、チューリップがやってきた。階段でチューリップに出会ったパパは、突然「しまった」というような顔をした。チューリップは、いつものように小ずるい笑顔であいさつした。

「おはようございます、ミスター・バーンズ」

「やあ、チューリップ」

チューリップは手すりを指で軽くたたきながら、階段をのぼっていった。パパは急いで階段を下りた。あたしが見ていると、フロントに行って、書類入れの中をぱらぱらとめくった。

ママが事務室から出てきた。

「あら、何か探してるの？」

パパが願書を持ち上げて見せた。

「あら、まあ。どうしましょう。締め切りはいつだったかしら？」

「十八日。きのうだ」

「今から車を飛ばしていって、受け取ってもらえるよう頼《たの》んでみることはできないかしら？」

パパが腕時計を見た。

「あと十分で、ニューサムさんたちがやってくるんだ。結婚式《けっこんしき》の披露宴《ひろうえん》の食事をどうするか、打ち合わせをしないといけない」

「打ち合わせなら、わたしがやっておくけど」

「きみは、ジュリアスを医者に連れていくんじゃなかったっけ？」

「あっ、そうだわ」

困ったような沈黙《ちんもく》があった。あたしは二人を階段から見下ろしていて、チューリップはあたしを見ていた。そのとき突然、はっきりした。チューリップがこの一週間、姿を見せなかったのは、両親の警戒心《けいかいしん》をゆるめさせるため、わざとだったのだ。

ママは困惑《こんわく》を払《はら》いのけた。

「だいじょうぶ、まだ遅すぎるってことはないわよ。とりあえずごたごたを片づけてから、それから考えましょう」

チューリップが階段にいることに、パパは気がついた。「そうだね」と言って、パパは急いで行ってしまった。

これで、この話は終わった。願書は書類入れの中にそのままあと一週間入っていたけれど、その後、見えなくなった。中学入学前の日々も、何事もなく過ぎていった（あたしたちは鍵《かぎ》のこわれた天窓を発見して、〈空を見ろ〉という遊びをしていた）。


そうして九月一日がきて、あたしはバス停に向かった。初めてのバス通学、新しい制服、新しい学校、新しい先生。

そして、古い友人のチューリップがいた。

3

あたしは、タルボット・ハリー中学がだいきらいだった。チューリップもそう言っていた。さえない緑色の教室、押《お》しあいへしあいの廊下《ろうか》、うるさいロッカー室、それから耳ざわりな音で鳴るベル。勉強もサイテーなら先生もサイテー、おまけに給食までサイテーだった。

それにあたしは、ひとりぼっちだった。あたしたちのことを、パパかそれとも小学校の先生か、だれかが中学校に知らせたにちがいない。チューリップとあたしは、どの教科でも全部、別々のクラスに入れられていた。最初のホームルームのときから別々だった。

人でいっぱいの階段の先のほうにチラリとチューリップの姿が見えると、あたしはうれしくて、声をかけずにはいられない。

「休み時間になったら、裏の階段で待ってるね」

でも彼女《かのじょ》は、めったに現れなかった。

授業は永遠に終わらないように思えた。あたしは神経がピリピリして、廊下で大きな声がするたびにギクッとして飛び上がり、血が出るまで爪《つめ》を噛《か》みつづけた。先生の言うことはまったく耳に入らず、目玉の裏側を熱い涙《なみだ》がヒリヒリと流れていた。

「みんな、あんたのせいよ」

宿題ができなくて泣いているところをジュリアスに見られたとき、あたしはわめいた。

「あんたさえ、目が痛いなんて騒《さわ》がなかったら、あたしは今ごろ、ヒースコート中学に行ってたんだから」

ジュリアスは、向こうへ行ってしまった。告げ口に行ったのかと思ったけれど、そうではなかった。しばらくすると、何かを持ってもどってきた。カフェに置いてある入れ物からミントキャンディをひとつかみ、こっそり持ってきてくれたのだ。あたしが甘《あま》いもので心をなぐさめていると、弟があたしを、いい子いい子となでてくれた。おかげでいっそう宿題ができなくなったけれど、弟を追いはらうことはできなかった。

ママは、弟だけを目に入れても痛くないほどかわいがっていたけれど、それは弟のせいではなかった。ママはなにしろ、一にジュリアス、二にジュリアス、最後までずっとジュリアス、ジュリアスだった。ジュリアスの体操教室、ジュリアスの医者、ジュリアスの新しいズボン。

弟が頼《たの》んだわけではない。頼まれるまでもなく、ママは最初からそうだったから。

ふわふわウサギも、ぼろぼろになったカエルのミスター・ハルーンも、もう使わないおもちゃといっしょに、とっくに物置の奥《おく》にしまいこまれている。ところがママだけは、みんながあきれるほど、いつまでもジュリアスべったりだった。ジュリアスが車から出たくて、ドアのほうを向いて取っ手をガタガタさせていても、ママはまだ手を伸《の》ばして弟を求めた。

「もう一回ちゃんとバイバイをしなくちゃ。出かける前にもう一回、ママにギュウッとしてちょうだい」

ママのお気に入りであることを、少なくとも本人は喜んではいなかった。それどころか、よく、あたしをうらやむような、情けない顔を見せた。あたしなら、そこにいようがいまいが、幸せかどうか、物事がうまくいっているかどうか、だれも気にしない。それがうらやましくてたまらないとでもいうように。

「ごめん」

あたしはまた鼻をすすった。ジュリアスは、いい子いい子の手を止めた。

「ねえ、ぼく、お姉ちゃんが泣いてるって言ってくるよ」

弟は、親切でこう言ってくれたのだ。大きなホテルの中では、気にかけてもらうことはむずかしい（お金を払《はら》っている人は別だけど）。でも、ジュリアスが行けば、ママはいつでも、ちゃんと耳をかたむける。

あたしは首をふった。

「ううん。ほんとに、もうだいじょうぶだから」

本当に、じきにだいじょうぶになるだろう。だれだって、新しい学校に慣れるのは大変なのだ。へとへとになるし、神経も疲《つか》れる。だから、四時十分前に階段のところでチューリップが待っていてくれると、いつも心底ホッとした。

あたしは、いろいろなことを聞きたくて、あわててそばに行く。

「ねえ、いったいどこにいたのよ。体育のクラスのわけないよね。二度も探しに行ったけど、窓からのぞいても見つからなかったし。もしかして、ロッカー室にかくれてたとか？」

チューリップは、いつものバカにしたような笑いを浮《う》かべる。

「あとで教えてあげる。それより、早くここから出ようよ」

チューリップとあたしは、腕《うで》を組んで、同じ小学校から来たみんなを追いぬいていく。スーザンとジャネットは、新しい友だちといっしょだ。ウィルとジェイミーは、派手な軟派《なんぱ》グループに入ったようだ。あたしたちはバス停に向かって、道路をぶらぶら歩いていった。

後ろからブルブルいう音が聞こえる。

「あっ、バス」チューリップは首を横にかしげて言った。「どうする？　帰る？　それとも気《き》晴《ば》らしに行く？」

学校からやっと解放されて、それからひとりぼっちからも解放されてうれしくてたまらない
あたしは、いつもチューリップが喜ぶほうを選んだ。

「気晴らし！」あたしは大声を出した。「気晴らしに行こうよ」

バスは、ブオーッとうなりをあげて通りすぎていく。風で、あたしたちのスカートがパタパタする。あたしたちは横道にそれ、そして見えなくなった。

4

気晴《きば》らしといっても、たいしたことはなく、ただバカなことをするだけだ。通りがかった人に悪口を言ってから逃《に》げるとか、お年寄りに向かって、「ここの近道は通り抜《ぬ》け禁止です。警察が首なしの死体を発見したので」とウソをつくとか、塀《へい》の後ろにかくれて、おしゃれした女性に小さな泥《どろ》のつぶをぶつけるとか（「男に投げちゃダメ。泥なんか気にしないから」と、チューリップは命令した）。

ときには、意地の悪いこともやった。保育センターから若いママたちがぞろぞろ出てきて郵便局に入っていくのを、あたしたちは外国の切手をながめるふりをして、待っている。みんなが向こうを向いているあいだに、チューリップは、そばに停《と》めてあるベビーカーの車輪にサッと小枝をはさむ——小さくてがんじょうな小枝を、わざわざ探して持ってきたのだ。あたしたちはさりげなく行列に並んで、だれかがひどく困って、ベビーカーを押《お》したり引いたりして小枝のブレーキと格闘《かくとう》するのを、大喜びでながめた。

あるとき、ママの一人が泣き出してしまって、あたしは悪いことをしたと落ちこんだ。でもたいていは、チューリップの言うとおり「おかしい」、「笑っちゃう」、「いいひまつぶし」だと受け取っていた。

それでも二回だけ、チューリップを止めたことがある。一回は、配達された牛乳びんをたたきこわし始めたとき。もう一回は、だれかのウサギ小屋からウサギを引っぱり出したときだ。

以前にも動物で遊んだことはあった。生きているやつでなく、死んだ動物だったけれど。よく探さないとわからないが、町のあちこちには、小鳥やら小動物やらの死骸《しがい》がけっこうころがっているものだ(今でも、路上で小さな死骸を見ると、必ずチューリップを思い出す。いったい、いつになったら思い出さなくなるのだろう)。

チューリップは、死骸を靴《くつ》でひっくり返して、よく調べた。

「これがいいかな。うん、これにしよう」

アーリンガムの路上にはプラスチックの袋《ふくろ》がたくさん落ちているから、一枚拾って死骸を入れる。それから、パンかトマトでもぶらさげているような顔をして、ちょうどいいところまで運んでいくのだ。

「あっ、ウサギ小屋だ」

家のまわりを囲ったフェンスに駆《か》け寄って、中をのぞく。

「あれ、空っぽかな？」

「どっちでもいいじゃん」

そう、どっちでもかまわない。ころころ太ったお気楽なウサギたちが、それぞれ気に入った藁《わら》の上に座っていることだろう。そのウサギをチューリップが押しのけて、代わりに死んだハトだのカラスだのをつっこむのを、ただ見ていればいい。それでも、いちおう注意した。

「あたしが言ったのは、家に人がいないかってことよ」

「なんだ、そういう意味？」

その家の台所の窓に、ドレープをたらしたおしゃれなカーテンが下がっているのを、チューリップはバカにしたようにながめた。

「だれも見てなんかいないって」

あたしは二階の窓を見た。人影《ひとかげ》もないし、人のいる気配もない。

「じゃ、どっちがやる？」

「あたし」

チューリップがフェンスをよじのぼるのを、あたしが助けた。チューリップは一度やりだしたら、とちゅうでやめることはない。だから始めたことは、さっさとやり終えたほうがいいのだ。チューリップが内側にぴょんと飛び下りたので、あたしは、気持ちの悪い袋をフェンスの上からわたした。チューリップは、まるでそこの家の人のような顔をして、平気で芝生《しばふ》を横切っていった。

ウサギ小屋のふたを開けるのが見えた。

「こんにちは、ピョンコちゃん」

チューリップがウサギの耳をつかんで持ち上げたのが、すごく嫌《いや》だった。そうやってもウサギは平気だ、という人もいるけれど、とても信じられない。それにチューリップのやり方は、ゆっくりじっくり、舌なめずりでもしていそうで、あたしをぞっとさせるものがあった。あたしは足をかけるところを探して、いつのまにかフェンスをのぼりだしていた。

あたしがそばに近づくと、チューリップはウサギの目を手でかくしていた。

「ピョンコちゃん、ほらほら、暗くなりましたねえ」

慎重《しんちょう》でなくてはならない。チューリップはすぐにキレる。だから……

「あたしにもさわらせて？　ちょっとだけ」

チューリップは首をふった。

「ダメ。権利は、最初に手にした人のもの」

「いいじゃない。ウサギくんに、あたしもさわりたいんだから」

チューリップは、おもしろくなさそうに笑った。

「ウサギくんだなんて、どうして男だって決めるのさ。メスかもしれないのに」

「どっちでもいいの。抱《だ》っこしたいだけだから、抱っこさせてよ」

「メスかオスか、当たってたらね」

チューリップは、逃げようとするウサギを、ほんの一瞬《いっしゅん》だけ、ひっくり返してみた。

「ほら、メスじゃない。やっぱりこれは、あたしのものってこと」

「それ、あんたのものじゃないでしょ」

「今では、あたしのものだってば」

チューリップはウサギの耳に向かって、猫《ねこ》なで声で悲しそうに歌った。

「ピョンコはいい子だ、ねんねしな。チューリップが、いいことしてあげる。絶対、騒《さわ》いだりしないよね？　はいはい、絶対、騒ぎません。ピョンコはそうしてほしいよね？　はいはい、そうしてくださいな。もしも暴れたりしたら、とっても痛い目にあうからね」

歌からひどく残忍《ざんにん》なものが感じられて、恐《おそ》ろしかった。つかんでいるウサギとは関係のない、もっともっと暗いもの、チューリップの深いところにかくれている闇《やみ》のようなものが、立ちのぼってくるのを見ているようだった。

自分でも気がつかないうちに、あたしはこう言っていた。

「それを放しなさいよ！」

これで魔法《まほう》が解けた。チューリップの顔をおおっていた奇妙《きみょう》な表情が消えた。チューリップはウサギを藁《わら》の上に、ほとんど放り投げるようにして置いて、そっぽを向いた。あたしはウサギ小屋の入り口をピシャリと閉めた。

「急いで！　だれかが見てるから！　ほら、早く！」

チューリップはだまされなかった。だまされていないことを示すために、フェンスにもどるとちゅうで花の頭だけを次々にもいだりして、わざと時間をかけた。

そんなことは気にしないで、あたしのほうはできるだけ急いで歩いた。フェンスを乗りこえたときには心底ホッとしたけれど、そこでまた再び、自分で自分自身を、まるでエサのようにチューリップに投げあたえた。

「ねえ、次に何やろうか？　あんたが決めてよ。ね、チューリップ」

5

あれは、あたしたちが〈おじゃま虫ごっこ〉を始めた年だった。どうして、あの遊びが始まったのだろうか。覚えているのは、あるとき、あたしたちが腕《うで》を組んで陽気に騒《さわ》いでいたときに、まったく知らない人の家の前を通りかかったということだ。次の瞬間《しゅんかん》、あたしたちはその家の玄関《げんかん》口に立っていて、チューリップの指がインターフォンを押《お》していた。

「はいはい、何かご用かしら？」

あたしには、人の年齢《ねんれい》はよくわからない。出てきた人はママより年上のようだったが、うんと上というほどではなかったと思う。

「すみません。お城へはどうやって行けばいいのか、教えてもらえませんか？」

「お城ですって？」

おばさんは、とまどった顔をした。

「この辺には、お城なんてありませんよ」

「アール城のことですけど」

チューリップが続けた。すごくバカみたいで、あたしはクスクス笑い出しそうになった。

「知りませんよ。この辺にはないけどねえ」

そう言われても、あたしたちは動かなかった。しまいに、おばさんはあたしたちを家の中に入れてくれた。おばさんが引き出しからパンフレットを取り出して、ぱらぱら見てくれているあいだに、あたしたちはおたがいの顔を見ては、目だけで合図して、壁《かべ》にかかっている絵をあざわらった。

「悪いけど、そんなお城は見つからないわ」

ついに、おばさんが顔を上げて言った。それでもチューリップは動かなかったので、あたしもそのまま立っていた。

「さ、あなたたち、もう行ってちょうだい」

一瞬後に、おばさんが言った。

チューリップがおばさんを見つめているのに気がついたので、それ以上あつかましくして問題を起こさないかと、ひやひやした。でもチューリップは、さっと笑顔のお面をかぶった。

「調べていただいて、ありがとうございました」

あたしも大急ぎで、パパがよくやるお客様向けの笑顔をべったりと顔にはりつけた。

「ほんとにありがとうございました」

あたしたちが門からふり向くと、おばさんはまだこちらを見ていた。

「さよなら。ありがとうございました」

チューリップが大きな声で、感じよくあいさつした。でも、おばさんは動きもしなかった。

もしかしたら、チューリップが選んだ家には、たまたま疑り深い人が住んでいたのかもしれない。それとも、次の家に行けば、さらに警戒心《けいかいしん》の強い人がいるのだろうか。

「次はあんたの番よ」

チューリップが言った。それから、顔が熱くなって汗《あせ》をかくまでこの道を走んなさい、と命令した。あたしは言われたとおりにしてから、一軒《けん》のドアをノックした。

「すみません。入れてください。お水を一杯《ぱい》いただけませんか？」

上品なおじいさんは、制服姿のあたしをジロリとながめた。ウソではなかろうか、と確かめるような目だった。

「中に入ることはない。水を持ってきてあげるから、ここで待っていなさい」

とがった声だった。おじいさんは水を取りに行く前に、二度もあたりを見まわした。もしもあたしが家の内側に足を一センチでも入れたら、コップに水が入っていようがいまいが、おじいさんはすっとんできて、出ていきなさいと騒ぐだろう。

おじいさんが手わたしてくれたコップは、くもって、でこぼこしていた。

「さあ、水だ」

おじいさんは立って待っていた。あたしは一口二口、水をすすった。もし相手とおしゃべりすることに成功すれば、絶対に中に入れてもらえる、とチューリップは言っていたから、そのとおりやってみた。

「あたしのうちにも、これとおんなじコップがあります」

「そうかね」

返事は冷たかった。もちろん、こんなコップなんかなかった。パレス・ホテルにあるコップは高価なクリスタルで、どれもピカピカにみがいてある。

「さっさと飲みなさい。わたしは用があるんだ」

生け垣《がき》の向こうから、チューリップがあたしを見ているのがわかった。

「早く飲めないんです。あたし、喉《のど》が悪くて、うまく飲みこめないんです。前に入院したとき、お医者さんが治してくれるはずだったんですけど……。あたしの年齢の子にはめずらしい病気なんです。でも結局、治らなくて、みんながっかりしました」

もちろん成功。あたしは中に入れてもらった。「ふらふらしてたのが、ちょっとおさまるまで」の、ほんの数分間だけど。
それでも、中に入ることに成功したのだ。

6

何ヵ月かのうちに、チューリップの出す課題はどんどんむずかしいものになっていった。

「電話を貸してもらえませんか？」

「友だちに、ビスケットを一枚もらえませんか？」

「すみません。紙と鉛筆《えんぴつ》を貸してください」

驚《おどろ》いたことに、チューリップが「簡単すぎて、つまんない」と言うほど、あっさりと言うことを聞いてくれる人もいた。たぶん、寂《さび》しくてたまらない人たちなのだろう。もしかしたら、あたしたちがマスクをしてナイフを持っていたとしても、キッチンに招き入れてくれたのかもしれない。

もちろん、あきれたり、疑いの目を向けたりする人もいた。そうなると、チューリップの要求する「おまけ」をやるのはむずかしくなる。「おまけ」というのは、その家の人が後ろを向いたすきに、写真立てを壁《かべ》向きにひっくり返したり、テーブルの上のハサミをそっと動かして、植木鉢《ばち》の土に突《つ》き刺《さ》したりのいたずらをすることだった。

何が起こるかわからないから、あたしは、あまり長くはほっつき歩かないように気をつかっていた。たまには遅《おそ》く帰ったけれど、たいていだれにも気づかれなかった（ホテルの正面の入り口から入って、フロントで鍵《かぎ》をもらうわけではあるまいし）。

でも、裏階段をこそこそ上がったところで、ママにぶつかってしまったこともある。そんなとき、ママは、あれっという顔で腕《うで》の時計に目をやる。

「あら、バスに乗り遅《おく》れたの？」

「もう、いやんなっちゃう。あたしね、マーシーとおしゃべりしてたの。そしたらフィリップ先生がね、なんかを実験室に運ぼうとしてて、それで……」

あたしの声は、次のドアを通りすぎる前に、とぎれてしまう。それでもママは、あたしを呼びもどして、話を終わりまで聞こうとはしなかった。最初から、あたしの話など聞いていなかったかもしれない。ホテルの中には、やらなければいけない用事が山のようにあって、ママはいつもいそがしかったから。たいていはそのほうが、あたしにも都合がよかった。

でも、チューリップが〈恐怖《きょうふ》の夜〉という遊びを発明してからは、あたしは、ふるえがなかなか止まらなくなり、電話が鳴るたびに消防か、警察か、と不安で落ちつかなくなった。

〈恐怖の夜〉がどうしてそれほどこわかったのか、よくわからない。チューリップはいつだって熱烈《ねつれつ》に火を好んでいた。ろうそく、マッチ、花火、焚《た》き火――その全部に夢中だった。ゴミ箱の後ろで紙を燃やしているのを、パパが何度見つけたことか。炎《ほのお》が出て、オレンジ色にちりちりと燃えて、そして彼女《かのじょ》の足もとで黒く丸まるのをじっと見つめていた。

チューリップにきれいな包装紙をあげると、何時間もかけて細く裂《さ》いてしまう。そしてその細い紙切れを、居間の暖炉《だんろ》の中に一枚一枚落としていく。

「見て！　青緑色の炎が出てる」

「ほんとだ。クジャクの羽みたい」

火に照らされたチューリップの顔に、軽蔑《けいべつ》の色が浮《う》かんだ。

「クジャクの羽になんか、ぜんぜん似てないじゃない。火の色ってもっとゾクゾクする。まるで魔法《まほう》を見てるみたい」

庭で焚き火をするときは、あたしたちはいつも手伝いに飛んでいった。正確に言うと、あたしが手伝って、チューリップは生焼《なまや》けの落ち葉の山をつついて、中がちりちり燃えるのをながめていた。

「チューリップってば。あたしは落ち葉を三袋《ふくろ》も運んだのよ。なのにあんたときたら、そこに突っ立ってるだけじゃない」

「うるさいなあ。ほっといてよ」

庭師はあたしをつついて、言ったものだ。

「あんまり近づかないほうがいいよ。ほら、あの子は火の神様を拝《おが》んでるんだよ」

もちろんじょうだんだけれど、でもチューリップは、押《お》し黙《だま》ったまま身じろぎもしなくて、確かに教会で祈《いの》っているみたいだった。〈恐怖の夜〉のときとは大ちがい。

このゲームをやっているときのチューリップは、仕草も言葉も、まるで悪魔《あくま》に魅入《みい》られたようになった。自分の頭に浮かんだ場所に、嫌《いや》がるあたしを無理やり引っぱっていった。

「ねえ、やめようよ。きょうはバスに乗って、まっすぐ帰ろう。ね、チューリップ？」

「びくびくしちゃってバカみたい。あんたって、弱虫でサイテーよね」

もっとひどい悪口も飛んできた。チューリップのすさまじい悪口を聞いて、たまたま通りかかった人がびっくりしてしまい、立ち止まってこちらを見つめることもあった。すると、チューリップはその人をにらみ返して、あたしをぐいっと押す。

「きっと問題が起こるってば」

あたしは哀願《あいがん》した。

「だから、どうよ？」

あたしは押し黙った。あたしは問題を起こすことを真剣《しんけん》に恐《おそ》れていた。あんまり恐れていたので、その気持ちをチューリップには、かくしておきたかったほどだ。もっとも、ふつうとはあまりに異なる家に育ったチューリップには、どのみち、あたしの気持ちは理解できなかっただろう。

チューリップはあまり話さなかったけれど、家でしょっちゅうひどい目にあっていることをあたしは知っていた。バカバカしいような理由、たとえばテーブルからフォークを落としたとか、水道の蛇口《じゃぐち》をちゃんと閉めなかったので水がポタポタ落ちていたとか、父親に呼ばれてもすぐ来なかったとかの理由で、父親は突然《とつぜん》、狂《くる》ったようにおこって、その怒《いか》りをチューリップにぶつける。お母さんはいつもびくびくしていて、何も気づかないふりをしているが、そんな人でさえ止めずにはいられなくなるほどすごいらしい。

そして、お母さんが割って入って止めようとすると、今度は矛先《ほこさき》がそのお母さんへと向かう。

「あたしが何をしようと、関係ないんだ。父さんがあたしをひどい目にあわすのは、母さんとけんかするためだから」と、チューリップは説明した。

これでは、「問題が起こる」と言って彼女をおどかすことなど、できるわけがない。彼女はあたしのコートを両手でむんずとつかんで、またあたしを引っぱった。

「いいかげんにしなよ、ナタリー。もう決めてるんだから」

それでも必死で、何か逃《に》げる理由を探したこともある。

「きょうはダメなの。ママに約束しちゃったから。来週のメニューづくりを手伝うって」

チューリップは首を曲げて、毒のある言い方をする。

「かわいこちゃんの赤ちゃんは、ママんところへ帰りたいのでちゅ」

あたしは、チューリップに軽蔑されるのが嫌で、つい言ってしまう。

「わかったわよ。でも、ちょっとだけだからね」

「オッケー。じゃ〈お菓子《かし》のかっぱらい〉をやろう」

「ダメ。あの店の人、あたしたちを見張ってるもん。とっくに気がついてるんだよ」

「そっか。じゃあ〈温室爆破《ばくは》〉にする？」

「ダメ！」

それで、最終の案が出される。

「〈ゴミ箱火事〉をやろう！　あれなら、燃えるのはただのゴミだし」

「うん。じゃあ〈ゴミ箱火事〉ね。でも、一回だけだからね」

「オッケー、一回だけ」

「約束だからね、チューリップ」

「ウソついたら、針千本」

チューリップは、いかにも約束を守るというふうに目をかがやかせている。そして三十分後には、よその家の灰色のゴミバケツから紅い魔法が吹《ふ》き出すのをながめて、もう一度目をかがやかすことになる。

「チューリップ、約束したじゃない。一回だけって」

「あんたって、バカ。これのほかにあと一回っていう意味じゃない」

あたしに対するチューリップの態度は、本当にひどいものだった。あたしは徹底的《てっていてき》にみくびられ、バカにされていた。それなのに、どういうわけか、あたしは傷つかなかった。たぶん侮《ぶ》辱《じょく》されても、嵐《あらし》だと思って、ただ首をすくめて通りすぎるのを待っていればよかったのだろう。

チューリップに事件を起こさせないようにすることを、あたしは自分の仕事のように感じていた。ボデルさんに郵送しようとした小包を、彼女の手からもぎとったのもあたしだった。

「こんなのポストに入れちゃ、ダメ」

「なんでよ？」

「郵便ポストにそういうものを入れちゃいけないって、法律《ほうりつ》で決まってるの」

あたしはそれを、道路に向かってできるだけ遠くへと投げた。あれが車にひかれるのが見えたときには、ホッとした。

「切手をはってなくてよかった」

チューリップは落ちついて言った。

同じようにして、不吉《ふきつ》なクリスマスカードも没収《ぼっしゅう》した。彼女が一枚書くごとに、一枚ずつ。

「チューリップってば、どうしてこんなにむだなことをすんのよ。あんたがいくら時間をかけてきれいなデザインで書いても、これじゃ、みんな破らなくちゃいけないじゃない。結局ゴミ箱行きになるんだよ」

「破いてなんて、あたしは頼《たの》んでないからね」

そのとおりだった。あたしは、だれからも頼まれたわけではなかった。チューリップはこれまでずっと問題ばかり起こしてきたのだが、そのチューリップに問題を起こさせまいとして、あたしは戦っていた。それともあれは、あたし自身のためだったのだろうか。そうすることでチューリップのそばにいられたし、あたしはチューリップを必要としていた。

あたしがなんの問題も起こさず、大人の言いつけを守り、いい子でいるあいだに、チューリップがあたしの秘密の命を生きていた。あたしが机の前におとなしく座っている、と先生の目に映っているときに、別のあたしはチューリップといっしょに丘《おか》にいて、ほかの子たちが行列して教室を出入りするのをながめていた。ホテルのお客が退屈《たいくつ》な質問を繰《く》り返し、あたしがいちいち礼儀《れいぎ》正しくにこやかに答えているときに、別のあたしはチューリップと同じようにひどい言葉をわめきちらしていた。ママがジュリアスを探して、あたしには目もくれずに通りすぎるときに、あたしの中には、チューリップもかなわないほど激しく怒り狂う、別のあたしがいた。

なんということだろう。あたしはチューリップと同じくらい悪い子なのに、だれも気づいていない。パパでさえ、だまされていた。

「なんだか顔色がよくないぞ、ナタリー。ちゃんと睡眠《すいみん》をとっているんだろうね？」

「だいじょうぶ」

パパは、あたしを明るいほうに向ける。

「だけど、目の下にくまができてるじゃないか」

「宿題が多くて大変なんだもん」

「おいおい、もう少し本当らしいことを言ってくれよ」

と、パパは笑った。でもパパは、あたしの言ったことを信じたのだ。

そのはずだ。そのほうが、本当のことを探ろうとするより、ずっと簡単で時間もかからないのだから。

7

春になった。チューリップの機嫌《きげん》はますます悪くなった。あたしの鼻先でドアをバシッと閉める。あたしのロッカーをけっとばして、大きなへこみを作る。あんまりひどいことばかりするので、とうとう、あたしでさえ、何日間もチューリップから逃《に》げていたことがある。

そんなとき、トイレで彼女《かのじょ》に出くわした。チューリップは、手洗い場の上の壁《かべ》に、下品な言葉を彫《ほ》りつけていた。あたしは、まるで逃げたことなどなかったかのように、また彼女を止めにかかった。

「チューリップ、ここは塗《ぬ》りかえが終わったばかりなのよ。どうしてすぐに汚《きたな》くしちゃうの？」

チューリップは、ロッカーの鍵《かぎ》で、漆喰壁《しっくいかべ》をけずって字を書いていた。

「ここを塗ったやつら、サイテー！　こんなひどい色、考えらんない」

「この色のどこがいけないの？」

「ピンクなんて、バカみたい！　ダサい色！　ちっちゃないい子ちゃんたちがちゅきなのは、ピンクでちゅ」

「前のグリーンよりいいじゃない」

「あたしはグリーンのほうがよかった」

「きらいって言ってたくせに。あんたって、いっつも文句ばっかり」

漆喰がバラバラと落ちてきた。

「うるさいわね」

チューリップはもともとがまんすることができない性格だったが、今では、何もかもがいちいち神経にさわるようだった。だれに対しても腹を立てた。相手が何をしたとかしないとかは関係がなかった。だれかが話しかけたとたんに、チューリップの顔には憤怒《ふんぬ》が浮《う》かんで、そのままはりついた。


そうしてチューリップは、怒《いか》っていないときには、意地が悪かった。

「つまんない絵なんか描《か》いちゃって。それって、いったいなんなの、ナタリー？」

あたしは、描きかけの絵から目を上げなかった。あたしたちは、体育の時間もばらばらだから、いっしょにいられるのは、この美術の時間だけだった。

「いつもおんなじものばっかり描いてるよりは、ましでしょ」

そうなのだ。チューリップは紙をわたされると、いつも同じものしか描かなかった。バス停の先の店から盗《ぬす》んだ、安っぽい絵のグリーティングカードのまねで、虚《うつ》ろな、大きな目をした子どもの絵だ。

ミニバー先生が近づいてきたので、チューリップは自分の絵を、手でおおった。

「もう描きはじめたの、チューリップ？」

「どう描こうか、考えているところです」

ミニバー先生は腕《うで》時計を見た。

「あとちょうど三十分あるわ。ベルが鳴るまでには、ちゃんとした絵を描き終えること。あなたのお得意の、大きな目をしたかわいそうな子どもが隅《すみ》っこに描いてある絵では、困りますよ。紙全体をしっかり埋《う》めてちょうだい。さあ、始めて」

チューリップは不満そうな顔で、あたしのほうを向いた。

「それで、なんなのよ？」

「何が？」

「だから、あたしたちは何を描くことになってるわけ？」

「自画像よ」

あたしは冷たく言った。

「うっそお！」

本当に知らなかったようだ。それからちゃんと絵筆をとり、あたしの絵の具を、あたしより自分のイーゼルに近いところに移動した。そうして絵筆を乱暴にたたきつけだした。

「チューリップってば、色を塗る前に、下描きをしないの？」

「そんなめんどくさいこと、しない。自分の顔がどんなかなんて、わかってるわよ」

「でも、形がヘンになっちゃったらどうするの？」

「形なんか、気にしない」

あたしは首を伸《の》ばして、絵を見ようとした。チューリップは、あたしに見えないように、イーゼルをぐいっと動かした。あたしは自分の絵にもどった。

しばらくのあいだ、二人ともむっと黙《だま》ったままだった。少なくともあたしは、むっとしていた。でもチューリップは、自分の絵に熱中してしまったらしい。彼女のお母さんがするのと同じ奇妙《きみょう》なハミングをしていて、こっちの神経がおかしくなりそうだった。でもあたしは、何も言わずに、いっしょうけんめい絵を描いた。絵の中の自分の顔をいじりすぎてしまった。いや、いじり方が足りなかったのだろうか。描いたり消したりしすぎたのだろうか。

そのとき、カースティンが消しゴムを借りに来て、文句を言い出した。

「ジェレミーなんかと並ばされて、ほんと、頭にきてんの。あの子ったら、あたしの消しゴムを二個もなくしたんだから」

「あたしのとなり、見てごらんよ。だれだって、これよりはましでしょ」

チューリップが、あたしを指さしながら、あざわらうように言った。

あたしは立ち上がって、チューリップをぶっただろうか？　ほおをひっぱたいただろうか？　チューリップにイーゼルを投げつけて、汚《よご》れた筆洗いの水を頭から浴びせてやっただろうか？

いや、ただ小さい声で「黙んなさいよ、チューリップ」と言っただけで、また自分の絵にもどった。でも、心の中に憎《にく》しみがわいてきた。チューリップが憎くてたまらず、あと三十分が待てないほどだった。

チューリップは、乱暴にこすったり、ひっかいたりと、めちゃくちゃに絵を塗りつづけていた。ゴミ箱にゴミを投げ入れるときだって、だれもあんなに乱暴にはしない。彼女の絵筆は先がばらばらに広がってしまったが、それが何度も何度も黒い絵の具のところにくるのが見えた。そうでなければもうあまり残っていない紫《むらさき》。そうでなければ炎《ほのお》の赤に。

しかもチューリップは、筆をろくすっぽ洗わないから、色がまざって、にごっているにちがいない。ミニバー先生がチューリップの自画像を見てなんと言うか、ぜひ聞いてみたくてたまらなかった。

ベルが鳴って、先生が前に立った。

「さて、完成しましたか？」

チューリップは肩《かた》をすくめると、まったくどうでもいいという顔で、イーゼルから紙をはずし、絵を引き裂《さ》いた。その破れた絵を、先生がチューリップの手から取りあげた。絵を見た先生の顔はくもったけれど、絵の中に何か訴《うった》えるものがあったらしい。先生は絵をイーゼルにもどすと、後ろに下がって、距離《きょり》をおいて絵をながめた。

見ないふりをするのをやめて、あたしもその絵をながめた。チューリップの筆には憤怒と軽《けい》蔑《べつ》がこもり、紙の上には暴力の渦《うず》があった。どこもかしこも暗く猛《たけ》り狂《くる》っていて、見ている者を飲みこみ、引きずりまわさずにはおかない力があった。見ていると、めまいがして、不安になる。絵のどこを見ていようと、繰《く》り返し繰り返し、中央にもどらずにはいられない。

絵の中央には、絶望に見開かれた大きな目がふたつ、闇《やみ》の中からこちらを見つめている。いつもの絵と同じように、半分は哀願《あいがん》するような、半分は責めるような目だった。

あたしは、先生が怒り出すのを待っていた。「紙のむだですね」？　それとも「開いた口がふさがりません」？　または「あなたに警告しましたよ。かわいそうな子どもの目ばかり描くのはやめなさいって」？

ところが先生は、こう言っただけだった。

「見てごらんなさい。せっかく完成したのだから、ちゃんと見なさい」

そして、チューリップの肩に両手をかけて、イーゼルのほうを向かせた。チューリップは冷たく、きつい目をしていた。チューリップが何か言うのを、先生は待っていた。でも、何も言うつもりがないとわかって、ただ、ためいきをついた。

「それでは、授業はこれでおしまいにします」

静かな声で先生は言った。チューリップが手を伸ばして、イーゼルから絵を引きはがそうとしたのを、先生が止めた。

「これは、わたしが預かっておきます」

チューリップは大またで出ていった。あたしは残って、自分のものといっしょに彼女の持ち物を片づけて、そして先生に聞いた。

「先生、チューリップはどうなるんですか?」

先生は、魅入《みい》られたように絵を見つめたままで、あたしの質問をただ繰り返した。

「どうなるって?」

「だってこの絵、めちゃくちゃです。先生にもうよしなさいと止められたのに、また、あの大きな目を描いているし」

あたしは言いつのった。先生にどう言ってほしいのか、わからなかった。でもまさか、先生から軽蔑の目を向けられると思ってはいなかった。

先生に裏切られたような気がして、猛烈《もうれつ》に腹が立った。あたしは心の中でわめいていた。チューリップは悪いことをしても、おこられない。だれも彼女を止めやしない。なぜ？　なぜ？なぜ？

でも実際は、ただ不満そうな顔を先生に向けただけだった。

「だってあたしたち、自画像を描かなくちゃいけなかったんです。先生がそうおっしゃいました。ほかのものじゃなくて、自画像って！」

「あなたは、お友だちに不親切ね」とか「その態度はどうかしていますよ」と言われて、部屋から追い出されるだろうと思った。でも先生は、絵のほうを向いただけだった。

「ナタリー」先生は、チューリップに向かって言ったのと同じくらい、やさしい声で言った。「これを見てごらんなさい。見るだけでいいの」

そして、あたしは理解した。怒りも不満も、まるで紙くずのように飛び去っていった。あたしはミニバー先生のとなりに立って、チューリップの絵を見つめた。そこにあったのは、まちがいなく、彼女の自画像だった。あたしは何も考えることはできず、やっとのことで、こんなふうにささやいた。

「あたし、あたしは、この子じゃなくてよかったと、そう、思います」

8

では、あたしは同情から、チューリップのもとへもどったのだろうか？　これまで何回も、ようやく逃《に》げ出すだけの力をたくわえたかと思うと、いつも何かが起こって、また引きもどされてしまっていた。あのときもそうだった。あの日あたしたちは、ジャネット・ブラッケンベリーの妹のミュリエルが死んだというニュースを聞いた。

「すごいと思わない！　あたしたちの知ってる子の妹がおぼれ死んだなんて」

「チューリップ、そんなこと言うの、やめてよ」

「ねえ、この話、あたしたちで新聞社に売れないかな。カメラマンが来て、あたしたちがジャネットの腰《こし》に手をまわしてる写真を撮《と》ったりするかも」

「バカみたい。ジャネットはあたしたちと仲良くないじゃない」

チューリップが目をかがやかせた。

「あの子、すごく落ちこんでるよね。おぼれ死んだ妹のことばっか、頭に浮《う》かぶんじゃないかな」

あたしは腹が立った。チューリップはなんだって、他人の気持ちを根ほり葉ほり探ろうとするのだろう。自分のことでも考えていればいいのに、なぜ、とりつかれたように他人のことを？

ジャネットのことをかわいそうに思っているわけではないことは、確かだった。チューリップの顔には、ジェイミーにひどいプレゼントをあげたときと同じ表情が浮かんでいた。マーシーに、数学の試験が赤点だったとウソをついて泣かせたときも、こんな表情を浮かべていた。つまりチューリップは、だれかの顔が恐怖《きょうふ》でゆがんだり、悲しみのあまり泣き出したりするのを見るのが好きなのだ。だから、いじめたり、でっちあげたり、ねじまげたり、詮索《せんさく》したりする。

チューリップは、ミュリエルの苗字《みょうじ》をなめるように繰《く》り返していた。

「ブラッケンベリー、ブラッケンベリー、変わった苗字よね？　こういうことじゃないかな。あの子が見つかったのは、ブラッケン（わらび）のそばで、ベリー（いちご）のそば」

「その話をやめないなら、あたしは次のバスで帰るからね」

あたしの言うことなど、聞く耳は持たなかった。

「おぼれたんだって！　ねえ、考えられる？　せっかく岸に近いところまで来たのに、しずんだんだよ。水をガブガブ飲んで……。こんなこと考えたら、ジャネットは眠《ねむ》れないよね。賭《か》けてもいいな。なんてったって、自分の妹なんだし」

「やめてよ、チューリップ。ぞっとするじゃない」

「ほんと、ぞぞっとするよね」

あたしはチューリップをじっと見つめた。あたしは「そんな話をするなんて、ぞっとする」と言ったのに、彼女《かのじょ》は「おぼれて死ぬのは、ぞっとする」と取ったのだ。チューリップはバス停の近くの土手に座って、えんえんとしゃべりつづけた。

「すごいよね。空気を求めて口を開けると、空気じゃなくて水がガバガバ入ってくるなんて。すごく大量の水を飲むから、発見されたときには、たぶん、ぶくぶくにふくれあがってるよね。子猫《ねこ》とはずいぶんちがうだろうな。だって、人間は助かろうとして、何度も何度も……」

あたしは耳をかたむけるのをやめた。まわりの何もかもが――道路も、車も、人も、漂白《ひょうはく》されたように見えなくなった。あたしは八歳《さい》にもどり、焼けつくような午後、パパと手をつないでいた。そして畑の中で、彫像《ちょうぞう》のようにじっと立っていたチューリップを見つけたのだ。あれがチューリップを見た最初だった。まだチューリップと友だちになっていなくて、まだ彼女にとりつかれていなくて、まだ少しも彼女がこわくなかった。

「あの子猫、あんたがおぼれさせたんでしょう、ちがう？」

あたしがこう言ったとたんに、チューリップの興奮したおしゃべりは、ぴたりと止まった。

「猫って？」

「あたしたちが初めて会ったとき、あんたは子猫を抱《だ》いてた。あの猫はあんたのお父さんが殺したんだと、あたしはずっと思ってた。でも、やったのはあんただったんだ」

「そんなわけない」

チューリップはきっぱり否定したけれど、それはウソだ。あのおなじみのウソ。

このとき突然《とつぜん》、あたしは理解した。どうしてチューリップがウソをつきまくり、そのウソが、ほかの人々の目にはひどくバカげて映ることに気がつかないのか。なぜなら、彼女の目から見れば、世の中のほうが狂《くる》っているからだ。もし世の中がまっとうだったなら、もし物事があるべき姿をしていたなら、彼女はウソなどつかなかっただろう。盗《ぬす》むことも、意地悪をすることもなかっただろう。もし世界がまっとうでさえあってくれたら、彼女はやさしい、いい子だったはずだ。すべてが狂ってしまう前に、彼女の内側にいた少女そのままの。

でも、物事は狂っていて、少女は悪くなった。

「絶対あんたがやったのよ」

あたしは言いつのった。

「そうだとしたら、なんなのよ？」

「別に」自分の声をふつうに保って、わざと明るく言った。「ただ知りたかっただけ」

「何を知りたいの？」

「どんな気がするかってこと」

チューリップは、あたしをじっと見つめた。あたしは、どんな感情も見せないよう苦心した。自分の心を閉じるのだ。戸を閉めて！　ビッタリとシャッターを下ろして！　今だけは〈チューリップ・タッチ〉をやってはいけない。

「あんたの知ったことじゃないだろ！」

「わかってる。あたし、今まで知らなかった。あんたも何も言わなかったし」

彼女は子どもだましの反論を口にした。

「あんたが聞かなかったからよ」

チューリップに向かって、あたしは叫《さけ》びたかった。「そんなこと、聞くはずないじゃない。そんなことを思いつく人なんか、いるわけないでしょ」。でもあたしは、叫ぶ代わりに、土手の上に指をはわせて、苔《こけ》をひとかけら、むしりとっただけだった。

「長い時間がかかった？」

ふつうの顔で、むしった苔をバラバラほぐしながら、聞いた。

真実が語られるだろうか？

　たぶん……。

「あたしが自分でやらなくちゃいけなかったのは、それが理由」

　チューリップはきっぱりと、誇《ほこ》り高く、ほとんど得意そうな口調で言った。

「あたしがやれば、時間はかかんないから。やりたくなくても、やらなきゃいけない。そうしないと、あたりが猫だらけになるからね」

　彼女の口調から、父親の言葉を繰り返しているのだとわかった。

「猫だらけになるってのに、父さんはちゃんとやってくれないんだ。父さんは、ただ水の入った甕《かめ》に猫を落として、バンとふたを閉めちゃうだけ。そうすると猫がひっかいたり、上がってこようとしたりするのが聞こえるんだ。いつまでもいつまでも、聞こえてる」

　そう、確かに聞こえるだろう。チューリップの話を聞きながら、あたしにも聞こえる気がした。ニャーオニャーオ、ガリガリ、ガリガリ……。鍋《なべ》が沸騰《ふっとう》したときのように、ふたが少し持ち上がる。甕のわきに少し水が飛びちる。おかげで少し空気が入るけれど、それはもがく時間を長引かせるだけだ。

　チューリップの生意気でいばった態度は、消えていた。そして、ただ悲しそうに言った。

「何時間も、何時間も、聞こえるんだ」

あたしは手の中の苔を半分、チューリップにわたした。彼女のスカートの上にボロリとこぼれたけれど、彼女は払《はら》い落とそうとはしなかった。

「父さんにやめてもらおうとした。一回、フォークを持って、父さんに飛びかかっていった。だけど、笑われただけだった。『おまえもおぼれさせてやろうか』って言われた。あたしのこと、なぐりさえしなかった（ずいぶん時間がたっているのに、なぐられなかったことをまだ驚《おどろ》いているような口ぶりだった）。ただあたしを追い出して、中から家の鍵《かぎ》をかけたんだ。それから足をテーブルにのせて、新聞を読んでた。あたしは、窓からのぞくしかなかった。何時間も何時間も」

チューリップは爪《つめ》を嚙《か》みに嚙む。だから指先がフニャフニャになっているが、そんな指が苔をまさぐっていた。

「ねえ、チューリップ、そんなに何時間もかからなかったはずだよ。子猫は弱いもの。だいじょうぶ。何時間なんて、そんなにかかってないよ」

あたしはチューリップをなぐさめた。

「でも、長かった。だからそのあとは、あたしが自分でやることにしたんだ。それなら早いから。一回しずめたら、あたしは絶対上げないから」

チューリップが言った。

あたしは腕《うで》を彼女にまわした。ミュリエル・ブラッケンベリーの恐《おそ》ろしい死に方にこれほど興味を持った理由が、よくわかった。もがいたり、のたうったりする恐怖、水面に上がってくる小さな泡《あわ》つぶの恐怖を、ほかにも知っている者がいると思うと、たぶんチューリップの孤独《こどく》はやわらぐのだろう。

あたしは土手からすべり下りた。そしてチューリップの両手を持って、静かに引っぱった。

「行こう、チューリップ。帰る時間だから」

しばらくたったある日、学校の事務の人たちが、チューリップのうわさをしているのが聞こえた。

「あの子、髪《かみ》の毛をいったいどうしちゃったのかしら？」

「だれが？」

「チューリップ・ピアスよ」

あたしは落とし物入れの箱の上に深くかがんで、顔をかくした。

「ああ、あの子ね」

二人は黙《だま》ったまま、チラリと窓の外を探るように見た。それから一人が言った。

「あの子は得体が知れないわよね、まったく」

もう一人がフフンと鼻を鳴らした。

「めんどうみきれないわよ。話しかけると生意気でかわいくないでしょ。でも、何かやってほしいことがあったりすると、とたんに猫《ねこ》なで声を出して、いい子ぶりっこをするんだから」

「あの子の爪、見たことある？　指の肉が出てて、気持ちが悪いわ」

「それにしてもあの髪は、どうしたのかしら。まるで芝刈《しばか》り機で刈ったみたいよ」

そのとき電話が鳴り出して、近くにいたほうの人が窓を離《はな》れた。

「あたしの姉さんが、あの子の母親を知ってるのよ。農場のことで話をしたことがあるんだって」

その人は、点滅《てんめつ》している赤いボタンを押《お》そうと手を伸《の》ばしながら、言った。

「姉が言うには、ある日突然叫び出しそうで、叫び出したら二度と止まらなそうな感じの人なんですって」

いったいだれのことだろう。チューリップのお母さん？　それともチューリップのこと？　あの絵が意味していたのは、そういうことだろうか？　ミニバー先生やほかの先生たちは、チューリップを、まるで彼女が燃やすゴミ箱の炎《ほのお》みたいに危険なものとしてあつかうけれど、それが理由なのだろうか？

火はかきたてると、もっと激しく燃え上がる。みんな、そのことを知っている。安全でいたかったら、火から離れているしかない。

このときあたしは、ほぼ決心を固めたのだと思う。いや、これまでに何十回も、早朝の空気の中に足を踏《ふ》み出して、チューリップの顔を見たくないと感じたときには、いつだって決心しかかっていた。

このころには、あたし自身が学校をさぼるようになっていた。パレス・ホテルの昔の洗濯場《せんたくば》に、何時間もかくれていたことがあった。歩くと綿ぼこりが舞《ま》い上がる場所だった。あたしは古い巨大《きょだい》なローラーしぼり機のかげで、桶《おけ》や盥《たらい》のあいだになんとかして座りこみ、ドアの下から入ってくる光をながめていた。

そして四時になると、だれにも見られないようにして、パレス・ホテルからバス停へと向かった。丸一日、ほこりっぽい薄《うす》暗がりで過ごしたあとでは、太陽のかがやかしい光線が野原を美しく染めあげているのを見ると、目がくらむようで、泣きたくなった。

バス停に近づくと、チューリップがどこにも見えないことを確かめた。それから何くわぬ顔をして、家に向かって歩いていった。

9

無理やり脱《ぬ》がされるまで、チューリップは黒い服を着つづけた。

「そのセーターは制服とちがうでしょ。うちの制服のセーターの色は、ブルーですよ」

「でもあたし、ミュリエルのために、喪服《もふく》を着てるんです」

「ミュリエル？」

「ミュリエル・ブラッケンベリーです」

先生たちは、いい考えだとは思わなかったらしい。「自分勝手な思いこみにふけっている」とパウエル先生が言った。風紀係の先生は、黒いセーターのチューリップを見かけると、チューリップのクラス全体にマイナス点をつけた。これを聞いた担任のフォーラー先生は、職員室を飛び出て階段を駆《か》け下り、チューリップをつかまえた。

「すぐにセーターを脱ぎなさい。それは没収《ぼっしゅう》します」

「でもきょうは、ほかのセーターを持ってきていません」

「それは、自分のせいですよ、チューリップ。あしたからは、ちゃんとした制服を着てきなさい」

チューリップはバス停で、ふるえながらあたしを待っていた。

「先に家に帰ってればよかったのに」

「帰りたくない。帰れないんだ。先生が父さんに電話するって言ってたから」

こんなわけで、あたしにとって最後の〈恐怖《きょうふ》の夜〉の遊びが始まった。今回は、町から一キロ半ほど離《はな》れたところにある養鶏《ようけい》場《じょう》にあった古い家畜《かちく》小屋をねらった。チューリップが灯油をどこで手に入れたのかは、わからない。もしかしたら、家にあったものをくすねてきてかくしておいたのかもしれない。あの小屋の持ち主が、ウイスキーのびんにつめた灯油を三本も外の溝《みぞ》の中に置いておくなんて、そんなバカなことはありえないから。

「チューリップ――」

「シッ！　手伝えないっていうなら、せめてうるさくして、じゃまをしないで」

「あの小屋には、ほんとにだれもいないの？」

「空っぽだって、あんたも知ってるじゃない。二回も見に行ったんだから。ほら、最後のびんをこっちに寄こして」

家畜小屋は、すごい勢いで燃え上がった。これほどすごいものをあたしは見たことがなかった。大きな炎《ほのお》が空をなめ、黒いけむりが、まるで何千年もびんに閉じこめられていた大魔人《だいまじん》が出てきたかのように、むくむくと立ちのぼった。火はゴーゴーとなり、バチバチと鳴る。垂木《たるき》が、まるで藁《わら》のようにくずれ落ちる。空っぽのまぐさ棚《だな》がひとつ、またひとつと焦《こ》げ落ちるたびに火の粉が舞《ま》い上がり、シューシューと不気味な音がした。

今回は、腕《うで》を引っぱったのはチューリップのほうだった。

「ナタリー、ナタリーってば」

あたしは彼女の手を払《はら》った。あたしはここに立って、この巨大《きょだい》な、オレンジ色のドラゴンが高く高くのぼっていくのを見ていたかった。

「ナタリー！　急がないと、あたしたち、つかまっちゃうよ！　警察はいつも、近くに立って見ている人を疑うんだから」

でも、どれほど引っぱられても、あたしは頑《がん》として動かなかった。あれほど苦心して火をおこしたのだから、ここに残って見ていたい。

養鶏場のまわりは、垣根《かきね》やらサンザシの茂《しげ》み、やぶだらけだ。もし、チューリップが、あの灯油のびんを溝にかくすために以前にここに来たことがあるなら、あたしたちが身をかくす場所だって探してあるはずだ。あんなに危険をおかしながら、魂《たましい》を吸い取られるような、この華《か》麗《れい》な魔法《まほう》に背を向けるなんて、ありえない。これは、あたしたちが作り出した魔法なのだ。ただのさえない小屋だったものが、シューシューパチパチとかがやいて火の玉となり、くだけとぶ星となるのを、どうして見ないでいられるだろう。

「お願い、ナタリー！　頼《たの》むから来て！」

あんまりすごい力で引っぱられたので、動かないわけにはいかなくなった。あたしはまだ後ろをふり返りながら、チューリップによろよろとついていったが、自分は呪《のろ》いにかかったのだと思った。今度という今度は、完全に〈チューリップ・タッチ〉にとりこまれてしまったのだ。

あたしは今後永久に、火事の夢を見つづけることだろう。どんより暗い真夜中に目を開けると、空を焦がして燃えている炎が見えるだろう。それはたぶん、チューリップがあたしの内側につけた炎なのだ。道という道、町という町が燃え上がる。あたしは、枕《まくら》元のスタンドの明かりをつける。すると、壁《かべ》の見なれた古い絵や椅子《いす》の上の衣類のおかげで、あたしは現実にもどり、しばらくは夢の光景を忘れることができるだろう。でもチューリップは、どこかの寒々としたベッドに横たわって待っている。そしてあたしの部屋がまた暗くなったとたんに、チューリップはさっきの続きを始めるだろう。あたしの退屈《たいくつ》な夢の中に、彼女の思いがもぐりこんでくる。いっそうまがまがしく狂乱《きょうらん》して、あたしの夢を燃やそうとして。

「ナタリー、ナタリーってば、あんた、だいじょうぶ？」

サイレンが鳴っているのが聞こえる。あれは、あたしの頭の中で鳴っている音？　それとも畑を越《こ》えてやってくる本物の音？

「この下よ。早く！」

チューリップは、あたしを引っぱって溝に飛びこむと、あたしの頭が見えないように、ぎゅっと下に押《お》した。それからチューリップが後ろになって、二人とも這《は》って進んだ。

「あそこに穴があるの、わかる？　ほら、あそこ」

生け垣《がき》の小さいすきまから、あたしもチューリップも這って出た。あたしたちはハーハー言いながら、あおむけにひっくり返った。あたしはまだ目がまわっているような、奇妙《きみょう》な気分がしていた。そしてこのとき突然《とつぜん》、渦巻《うずま》く混乱の中で、あたしは不吉《ふきつ》な予感のようなものを感じた。火事は、これだけでは終わらないだろう。もっと恐《おそ》ろしい続きがあるはずだ。

ゆっくりゆっくり、やっとあたしは自分自身を取りもどした。

みんな、こんなふうなのだろうか？　着実にある方向に向かっていた生活が、まったく突然向きを変えるというのは、よくあることなのだろうか？　あらゆることが変わる。なぜならこのとき、あたしたちの友情は死んだのだ。あたしははっきりと、それを意識した。

もっとも、あたしはチューリップをそのまましゃべらせておいた。チューリップは頭を上げて消防車を見て、だれにも気づかれずにバス停にたどりつく道を探しながら、あの古ぼけた小屋がどんなにすばやく炎を上げて燃えたか、興奮してしゃべっていた。

でも、そのあいだずっと、あたしは考えていた。小屋には人がかくれていることだってある。あたしも何回も、古い洗濯場《せんたくば》に一日じゅうかくれていたではないか。もし知らない人がやってきたら、あたしは、さびついた巨大なローラーしぼり機のかげに身をかくしただろう。ほかのことに気をとられていれば、あたしのように耳がよくても、古い藁《わら》の上に液体がまかれるピチャピチャという小さな音には、気がつかないかもしれない。

それからジュリアスは？　ジュリアスは秘密のかくれ家を、いくつも持っている。ジュリアスの友だちだって、同じだ。あの子たちは何時間も、外のかくれ家《が》で過ごしている。蔦《つた》にかくれた、こわれかかった小さなかくれ家なんて、あっというまに燃えつきることだろう。

チューリップは悪いことをするだけでなく、心がこわれて、何も感じなくなっているのだろうか？

あたしはよろよろと立ち上がると、いつものようにチューリップに手をさしのべた。

「行こう、チューリップ。帰らなくちゃ」

バスに乗ると、チューリップはいつものいばった態度にもどっていた。バスの運転手にいちゃつき、足をうまく使って、よその人の買い物袋《ぶくろ》をひっくり返した。

ところが半分ほど来ると、そわそわしはじめた。

「〈死人クラブ〉をやろうよ」

「いいよ」と言って、あたしはいつもどおりにふるまった。でもそのとき、あたしは最高にむずかしいゲームに勝ったばかりだったのだ。おかげで、ほかのゲームは色あせて見えた。あたしはいっこうに気分がのらず、気の抜《ぬ》けた〈死人クラブ〉となった。

バス停から橋のところまで、いっしょに歩いた。

「それじゃ、また、あしたね」

あたしは明るく言った。

「パレス・ホテルまで、いっしょに行こうかなあ」

チューリップをじっと見つめた。あたしがもう彼女のものでないことに、まだ彼女は気づいていない。もう二度と魔力《まりょく》はきかないことを、知らないようだった。

「じゃ、来れば」

ホテルへの道を、二人で腕を組んで歩いた。あたしはなんの心配をすることもなく、落ちついていた。

思えば、とても不思議。出会ったときからずっと、あたしは彼女の奴隷《どれい》だった。何かを言ったり、したりするとき、必ずチューリップを意識していた。ぐらぐらする歯を舌でさわらないではいられないように、あたしの意識はいつもチューリップだけに向かっていた。あたしは、両親からは見えなくなっていた。ジュリアスの手の届かないところをさまよっていた。あたしには一人の友だちもいなかった。あたしは、ただただチューリップ一人のためだけに、生きていた。

そして、それが終わった。すべて終わったのだ。

ホテルへ続く道の最後の曲がり角まで、いっしょに歩いた。そしてホテルが見えたとき、あたしは逃《に》げた。かばんを投げ捨て、全速力で走った。バラ園を抜け、アーチをくぐり、木の根っこがうねうねしている、せまい曲がりくねった小道を駆け抜けた。

チューリップが「ナタリー、ナタリー」と呼ぶのが聞こえたけれど、返事をしなかった。ただただ走った。燃える火から離れろ！　そして茂みが見えたときに、小道を離れて、やぶの中に飛びこんだ。

あたしは這って進んだ。チューリップが木々のあいだをたたいているときに、少しずつ奥《おく》へと進んだ。彼女がじっとしているときは、こちらもじっと待った。ぴくりともせずに。

「ナタリー！　ナタリーってば！」

チューリップが下草を棒で激しくたたきまわっているあいだに、その音にまぎれて、彼女の手が届かないところへと逃げ出した。どんどん遠くへ進んで、昔、崖《がけ》すべりをした場所に出た。

あたしは横向きになって、丸太《まるた》ん棒《ぼう》のように一気に崖をころがった。下へ、下へ。速く、速く。とうとういちばん奥深くのやぶにたどりついて、そこで息をついた。

あたしは寝《ね》ころがって、頭の上をおおっている葉っぱを見てにっこりした。ここなら見つからない。太陽の届かない深みにある、暗い緑のジャングルの中は、安全だった。あおむけになって、チューリップの呼ぶ声を聞いていた。

「ナタリー！ ナタリー！ バカをやめて、出てきなさいよ。雨が降ってるんだから」

葉っぱがサワサワ鳴って、最初の雨つぶが落ちてきた。ポツンポツンからシトシトに変わっても、あたしは動きもしなかった。呼びたいだけ呼べばいい。探したいだけ探せばいい。

そしてあきらめて、家に帰るといい。

やわらかな雨がひたいをぬらし、耳をぬらした。何年か前の全校集会で、ゴライトリー先生が一枚の絵について解説してくれたことを思い出した。「赤んぼうの頭には、洗礼の水が注がれています。この子が闇《やみ》の世界でなく、光のもとで生きるように」。

チューリップが大きな音を立てて近づいてきたけれど、あたしは落ちついていた。

「向こうへ行きなさい」——黙《だま》ったまま、心の中で念じた。生まれて初めて、逆向きに〈チューリップ・タッチ〉をやった。「向きを変えて、行ってしまえ。あんたにそばにいてほしくない」。

火ではなく、光を。
チューリップはあと何回かあたしを呼んだが、声がだんだん弱々しくなっていった。
ついに、チューリップは行ってしまった。

第三部

1

あたしはまるで、病院から退院したばかりの病人のようだった。そのまま以前の生活にもどれるわけではなく、時間が必要だ。たとえば足を骨折した人なら、毎朝、慎重《しんちょう》に、その足に体重をかけても平気かどうかを試すだろう。あたしもそんなふうに、毎日ほんの少しずつ、自分の世界を広げていった。

チューリップには、用心して向かわなくては。彼女《かのじょ》のほうも警戒《けいかい》していた。

「金曜日はいったいどうしたのよ？　あんなふうに走っていくなんて、どうかしてんじゃないの？」

「ごめん。急にすごく気持ちが悪くなっちゃって。ホテルに着くまでがまんできそうになかったから、林に飛びこんじゃった」

「あたしが何度も呼んでたの、聞こえなかったの？」

「だって、ゲーゲーやってたから」

チューリップは次の日に、ホテルに遊びに来たがった。

「あしたは工事の人が来るんだって。だからパパが、人を呼んじゃダメって」

「じゃあ、土曜ならいい？」

「土曜は、大きな結婚《けっこん》パーティがあるから」

「そんなの、そばに行かなきゃいいでしょ」

「ダメなの。ごめんね」

チューリップは、疑わしそうな目つきであたしを見た。彼女にとっては、さぞかし意外な出来事だったろう。あたしはこのときまで、ただの一度も、チューリップに向かって「ダメ」と言ったことがなかったのだから。

「あんた、なんか、かくしてるでしょ？」

「別に」

「ウソ。なんかあることくらい、わかるんだからね。だって今までは、大きな結婚式があろうとパーティがあろうと、平気だったじゃない」

あたしは、相手を見下すような、ツンとした顔をした。チューリップ自身がさんざん、あたしに向かってしてみせた顔だ。

「そんな昔のことをいつまでも言わないでよ、チューリップ」

あたしがこう言って昔の遊びを思い出させたとたんに、チューリップはくるっと背を向けて、行ってしまった。あたしは満足して、教室にもどった。

あたしの心の中には、長いこと使っていない場所があった。ここを毎日少しずつ探っているうちに、すっかり忘れていたことを思い出した。あたしが思い出したこと、それは、あたし自身の力であり、自分で自分のすることを決めるという感覚だった。

チューリップがホテルに現れないことに最初に気がついたのは、スコット・ヘンダーソンさんだった。

「きみの友だちのチューリップを、最近見かけないね。きみたち、けんかでもしたのかい？」

あたしは無邪気《むじゃき》そうな顔をして、しゃあしゃあとウソをついた（どちらのテクニックも、チューリップに教わったものだ）。

「別にけんかなんかしてません。でも、チューリップには新しい友だちができたみたいなの」

すぐにそのとおりになった。チューリップは最初に、マーシーとのつきあいを復活させた。でもこのつきあいは、休み時間にトランプが大流行したときに終わった。チューリップは一枚めくるごとにルールに文句をつけたり、だれかの失敗を責めたり、勝ったときには相手をあざけったりするので、マーシーががまんできなくなったのだ。

「たかがトランプのゲームなんだから、勝っても負けてもいいじゃない。どうして、そんなに大騒《おおさわ》ぎをしなきゃいけないの？」

チューリップは目をぎらつかせて、荒々《あらあら》しく出ていった。それからまた一人にもどったが、ちょうどヘザーという子が、スコットランドからタルボット・ハリー中学に転校してきた。この子は、何年か前のあたしと同じで何も知らなかったから、最初に出会ったひとりぼっちの子と友だちになろうとした。その後数日間、チューリップが勝ち誇《ほこ》った顔であたしを見てはプイとそっぽを向き、片隅《かたすみ》でヘザーとクスクスやっているのを見かけた。

でも、これも長続きはしなかった。ヘザーはすぐに、チューリップがいつもポケットにお菓《か》子《し》を入れているくせに、絶対に友だちに分けないケチだと気がついた。それから、チューリップがヘザーのお弁当の中味をゴミ箱に捨てて、代わりに泥《どろ》や石をつめておいたという事件が起こった。チューリップはジョークのつもりだったのだろうが、ヘザーはちっともおかしいとは思わなかった。結局ヘザーは、別の子と友だちになった。

どっちにしろ、あたしは、二人が腕《うで》を組んで歩きまわるのを見ても、少しもつらくなかった。それどころか、チューリップといっしょだったとき、あたしがどれほど愚《おろ》かに見えたか、それがよくわかった。あたしはただ、ホッとしていた。

この何週間かいろいろなことを感じたが、いちばん不思議だったのは、自分自身の気持ちだった。永遠に続く灰色の夢から覚めでもしたように、あたしのまわりから霧《きり》が晴れていく気がした。本当に長いあいだ、あたしはチューリップの影《かげ》の中にいた。今では、毎日少しずつ、あたしは強くなり、物事はよくなってきている。

学校では、窓を見るたびに、また階段を上り下りするたびにチューリップを探すことがなくなったので、勉強に集中できるようになった。おかげで成績が上がった。家では、チューリップが来ないかと出入り口や窓の近くをうろうろすることがなくなって、もっときびきびと動けるようになった。いつも頭の半分をチューリップを待つのに使っていたけれど、それをやめて、あたしはもう一度、丸ごとのあたしにもどった。

夜になると、まだ火事の夢を見て、恐怖《きょうふ》で目が覚めることがあった。でも昼間は、以前とはまったくちがっていた。チューリップ時代のナタリーには絶対にもどりたくないから、もし許されるなら、自分の名前さえ変えてしまいたかったほどだ。朝、あたしはおだやかにバルコニーの柵《さく》に座って、クジャクを見ている。彼女に教わった〈ストーカーごっこ〉、クジャクをストーカーしてクジャクにパニックを起こさせるようなことは、もうしたくない。ここ何年間か忘れていたこと、自分は幸福だということをしみじみと思い出した。

幸福。

おかげで、ジュリアスが走って角を曲がってきて、バラ園でチューリップが待っていると教えてくれたときも、ただ迷惑《めいわく》に思っただけだった。

「チューリップに、あたしはいないって言って」

「なんで?」

「会いたくないから」

「だけど、チューリップをどうすんの? お姉ちゃんが来ないと、家に帰んなさいって庭師に言われちゃうよ」

あたしは、バルコニーの柵からすべり下りて、ドアのほうに向かった。

「チューリップに、あたしは遊べないって言って。パパの手伝いをしなきゃいけないからって」

弟は困った顔をした。でも、肩《かた》をすくめると、さっき来たほうへと走っていった。少しは気がとがめたけれど、それほどではなかった。チューリップと離《はな》れていることは、一日ごとに平気になっていった。

学校でも、彼女を避《さ》けた。〈ストーカーごっこ〉で覚えたテクニックが、へんなところで役に立った。

「校庭へ出るんですか? それとも入ってくるんですか、ナタリー?」

あたしはわきによけて、先生に先に行ってもらった。どっちにするか、まだ決められないのだ。チューリップが校庭にいるのなら、あたしは出ない。チューリップがいないとわかれば、あたしは大きなガラスのドアから外に出ていく。

授業が終わったときには、あたしはもう帰りじたくをすませていた。そして、ひとつ遠くのバス停、フォーレスト通りまで走っていって、そこでバスに乗った。バスが学校の正門の前を通るときには、チューリップがいるといけないから、ひょいと頭を下げる。もしかしたらチューリップは、あたしが追いかけてくることを期待しながら、いつものバス停へとかばんをひきずって歩いているのかもしれない。

チューリップはひとりぼっちだけれど、それはあたしのせいではない。チューリップがだれかを突《つ》き飛ばしてころばせたり、だれかの服にインクのしみをつけたり、友だちになろうとしている人をいちいち「スコットランドのいなかくさいヘザー」と呼んだりするのは、チューリップ以外のだれのせいでもないのだから。

チューリップがパレス・ホテルに現れるたびに、ジュリアスはあたしに「もうけんかはやめなよ」と言った。

「ずうっといそがしいって言ってちゃ、チューリップに悪いよ」

「悪くなんかないわよ」

「悪いよ。それって意地悪だよ。だって、チューリップはお姉ちゃんの友だちだろ？」

「いいから、あたしはママといっしょにアーリンガムに出かけたって、言ってよ。別にむずかしいことじゃないでしょ？」

「むずかしいとかの問題じゃないよ。チューリップがかわいそうだって、言ってるんだよ」

あたしはかみつくように言った。

「かわいそうなんて、言わないで！　それって、ワナなんだから！」

ジュリアスは、本当にかみつかれたような顔をして、こちらを見ていた。

「ワナって、それ、どういう意味？」

あたしは自分を取りもどした。

「なんでもない。本気じゃないから、気にしないで」

でも、あたしは本気だった。あたしは、チューリップをかわいそうに感じることに、もううんざりしていた。あたしは、まだ幼いうちにチューリップにとりつかれ、飲みこまれてしまったと感じていた。おかげで、自分の感情さえ見失うようになり、やがてすっかり自分をなくしてしまったのだ、と。

チューリップは、あたしを軽蔑《けいべつ》し、侮辱《ぶじょく》することで、あたしを支配した。でも今では、事態は変わったのだ。今度は、あたしが軽蔑する番だ。あたしは力をつけてきたが、実はその力の一部は、彼女を軽蔑することから得ていた。その証拠《しょうこ》に、あたしはチューリップのバカげた習慣やねじまがったところを見つけては、心の内で非難しつづけていた。

それだけではない。今では廊下《ろうか》で出会えば、あたしはにこにこして声をかけ、「休み時間にね」とかなんとかつぶやく。でも、そうしながら一方で、彼女の制服はだれかのお古《ふる》で、しかもスカートの裾《すそ》がグサグサにまつってあってみっともないことや、自分で切った髪《かみ》がどうしようもなくボサボサしていることに、わざわざ目をとめていた。そうすることで、あたしはこう思いたかったのだ。「あんたになんか、なんの力もないわよ、チューリップ」。

なんてひどいことをしたのだろう。あれは、あたしが自分自身の命を救うためにしたことだ。でも、思い出すと、泣きたくなる。

2

チューリップは二度と、あたしに、いったいどうしたのかと聞くことはなかった。ときにはあたしのロッカーにゴミがつまっていたり、廊下《ろうか》に貼《は》り出された「よく努力した生徒」のリストからあたしの名前だけが消されていたりした。名前は、廊下《ろうか》の漆喰壁《しっくいかべ》まで傷つけるほど強い力でけずりとられていた。それでもあたしは、先生に告げ口することもなかったし、家でも何も言わなかった。

とはいえ、あたしの両親だって、チューリップが少しも姿を見せないことには気がついていたはずだ。だから、十二月の半ばに、パパがクリスマスパーティの座席表を作りながら、ふと顔を上げて「今年もクリスマスには、チューリップが来るよね？」と聞いたときには、心底、驚《おどろ》いた。

あたしは、うまく答えることができなかった。

「あたしは呼ぶつもりはないんだけど……」

パパとママが顔を見合わせた。ママは、首にかけていた金のネックレスをいじっていた。

「でもナタリー、チューリップはクリスマスを、すごく楽しみにしているでしょ？」

あたしは頑固《がんこ》に言い張った。

「あたしだって楽しみにしてるわよ。でも今年は、チューリップを呼びたい気分じゃないの」

両親はむずかしい顔をしていた。パパは何かを言いかけてから、ママの顔を見て、考えを変えたようだ。パパはおだやかにこう言った。

「でもね、ほら、チューリップは家ではあんまり楽しくやってないだろ。だから、呼んであげないと、かわいそうじゃないかな」

あたしは、心の中が煮《に》えくりかえっていた。そういうことね！　あたしが命がけで自分を救おうとしているのに、パパとママは、あたしを向こう側へ投げ返そうとしている。自分たちの良心が痛むから、という理由で。

パパもママも、チューリップがもう何週間もここに来ていないことをよく知っている。それなのに二人とも、クリスマスにはチューリップに来てもらいたいのだ。そうすれば、自分たちを恵《めぐ》み深くて親切だと感じることができて、クリスマス気分がもりあがるから！　パパはおいしいものを彼女《かのじょ》の口に入れてあげたいし、ママはホテルのお客にこんなふうに言いたいわけだ。

「そうなんですのよ。おうちに問題があって、気の毒なお子さんですの。だから、せめてクリスマスだけは、ここで精いっぱい楽しませてあげたいと思いまして」。

あたしとチューリップ、両方を守ることはできないことが、どうしてわからないの？

あたしは、ずるがしこかった。

「それなら、ジュリアスが呼ぶことにすれば？　チューリップは最近、あたしよりジュリアスと仲良くしてるから」

「ジュリアスですって？」

ママはショックのあまり、ネックレスを引きちぎりそうになった。

「そうよ。だって最近、あの二人はよくいっしょにいるもの。いつもすごく仲良く遊んでるみたい」

「ジュリアスがチューリップと遊んでるの？」

ママを落ちつかせようと、パパはママの手の上に、自分の手を重ねた。

「そんなこととは知らなかったな」

パパは、疑いぶかそうな声を出した。

「パパはいつもいそがしいからよ」

パパはそれ以上、何も言わなかった。でもママは、すぐに立っていくと、ジュリアスにやさしく話しかけた。

ジュリアスがどう答えたのか、あたしは知らない。ジュリアスは、学校からの帰り道にチューリップを見かけたり、チューリップが畑の境のあたりをうろついているのを見かけたりすると、いつも走っていって「こんちは、チューリップ」と声をかけていた。ジュリアスは別にこのことを、かくしたりはしないだろう。ジュリアスは、チューリップを気の毒に思っていたのだから。

パパもママも、だれもがチューリップに同情していた。

でも結局、あたしが自分を守るために立てた意地の悪い計画は、まるで魔法《まほう》のように成功した。ママは、あたしのことならそれほど心配しないが、大事なジュリアスのこととなると、どんな小さな危険の芽も許さない。おかげで、クリスマスにチューリップを招くという考えは、だれの頭からも消えてしまい、それ以上、だれも、一言も口にしなかった。

スコット・ヘンダーソンさんだけが例外だった。クリスマス・イブにピアノの前に座って、そっとあたしのわきばらをつついた。

「ナタリー、あの子がいなくて、寂《さび》しいだろ?」

「そんなことありません」

あたしはきつい声を出してしまった。「あの子ってだれのことですか?」と、わからないふりをするのさえ、めんどうだった。

「わたしは寂しいよ。きみの小さなお友だちは、ちょっとかわいいところがあったからね」

「あの子、別に小さくないけど……」

こう言いかけてから、いいことを思いついた。あたしは最高に感じよく、ヘンダーソンさんに向かってかがやくような笑顔を向けて言った。

「よかったら、チューリップの家に行く道をお教えしましょうか。そんなにチューリップが好きだったら、遊びに行ってあげれば?」

これで、この人を黙《だま》らせることができた。ヘンダーソンさんは楽譜《がくふ》をぱらぱらめくって、クリスマスの歌を探しはじめた。こうして聖歌が始まると、このおじさんは曲を知らないとでもいうように、楽譜の上に深くかがみこんで、二度とあたしと目を合わせようとはしなかった。

あたしは声を張り上げて歌った。本当はチューリップがいないことがつらくてたまらず、そこにいるみんなが憎《にく》らしかった。どうしてみんなは、チューリップをあたしに引き受けさせようとするのだろう? 何もかも丸ごと、あたしに!

みんなだって、チューリップがどこに住んでいるか知っているのだ。チューリップが薄汚《うすよご》れたふだん着のまま座っていること。酒代を引いたあとに残ったわずかなお金を母親が切りつめて買った、安物のプレゼントをいじっていること。母親の薄気味《うすきみ》悪い呪文《じゅもん》のようなハミングと、父親のガミガミののしる声を聞いていること。そんなこと全部を、みんなはわかっているのだ。みんなは精いっぱいおしゃれをし、すっかり満腹して、気取《きど》ってピアノのまわりに集まっている。このなかのだれか一人でも、食べ物をかごにつめて、持っていってあげようという人はいないのだろうか。そして帰りに、チューリップをここに連れてきてくれればいいのに。「おいでよ、チューリップ。きみはもうナタリーの仲良しじゃないようだけど、でもわたしたちはみんな、きみが好きだ。いっしょにクリスマスをお祝いしよう」。

でも、だれも、そんなことはしない。みんなが、それはあたしの仕事だと思っている。

チューリップのめんどうをみてあげなさい（でも、彼女にけしかけられて、悪いことをしたりしないようにね）。

チューリップに親切にしてあげなさい（でも、彼女の餌食《えじき》にならないよう気をつけてね）。

魔女《まじょ》と遊んでくるといい（でも、魔法《まほう》をかけられないよう注意してね）。

そう、そうやって、いつまでもいい気になっているといい。

3

チューリップは、最後の最後まで、望みを捨てずに待っていたのだろうか？（「チューリップ、こっちにおいでよ！　きょうはクリスマスで、特別な日なんだから」）なぜなら、このあと、彼女《かのじょ》はもう、うわべをつくろうこともいっさいしなくなった。学校の階段で会えば、あたしに憎《にく》しみの目を向けた。あたしはただ、知らんぷりをしつづけた。

そして、友だちをなくしたチューリップは、いっそう悪くなった。毎日、うわさ話が絶えなかった。

「ねえ、チューリップのこと知ってる？　今度はいったい、何をやらかしたと思う？」

チューリップは、めったに学校に来なくなった。たまに来ると、チューリップの身体《からだ》からは、うっくつした黒い怒《いか》りが発散していた。じきに男の子たちが、「ぶち切れチューリップ」とからかうようになった。からかわれているうちにチューリップの凍《こお》りついたような仮面がはずれ、そうなったら最後、もう手のつけようがなかった。凶暴《きょうぼう》な渦《うず》が巻きおこり、やがて電話が鳴りひびき、男の先生が走りまわることになった。

二月には、チューリップは近所のスーパーから出入り禁止になった。その後何週間かたったころ、彼女のことで警官が学校へやってきた。正確な理由はだれにもわからなかったが、みんながさかんにうわさをしていた。それを聞いて初めて、彼女がどれほど問題を起こしているのか、あたしにも理解できた。

「きっとあの窓のことよ」

「そんなもんじゃないだろ。窓ガラスが割られたくらいで警察なんか来るもんか。たぶん、金物屋で、またやったんじゃないかな?」

「この前、万引きしそびれたものがあったから、取りにもどったってこと?」

みんなは笑った。あたしはその場を離《はな》れた。ここ何ヵ月もチューリップのそばには近寄っていないが、それでも恥《は》ずかしかった。まだチューリップの友だちだと思われることがあるからだ。先生たちもまだ、そんなふうに思っていたらしい。

おかげでその晩、なんと警察はパレス・ホテルまでやってきたのだ。警官は帽子《ぼうし》を脱《ぬ》ぎながら正面玄関《げんかん》を入ってきた。ソファに陣《じん》どっていたお客が好奇《こうき》の目を向けたけれど、無視された。

ママは、急いでフロントデスクを離れて、彼《かれ》らを事務室に招き入れた。

「ナタリー、ここにいてちょうだいね。わたしがいないあいだ、フロントの番をしていてね」

あたしが動けるように女性の警官は後ろに下がったけれど、男性の警官がこう言った。

「こちらのおじょうさんにいっしょに来てもらえると、早く話がすむんですがね」

「えっ、そうなんですか？」

ママはショックを受けたようだったが、ダメだとは言わなかった。ママは代わりにバーから
ジョージを呼んで、だれかを探してフロントの番をさせるように頼《たの》んだ。

ママは、最後に入ってドアを閉めると、口を開いた。

「あの、いったい何が起きたんでしょうか？　どんなご用でいらしたんですか？」

警官たちは急がなかった。

「マリア・ベンソンと申します」

女性がママに向かって、握手《あくしゅ》の手を出した。

「ストルワーシー巡査《じゅんさ》です」

もう一人がにっこりして言ったが、握手しようとはしなかった。

二人は、ママが「どうぞおかけください」と言うまで、椅子《いす》を見ていた。それから椅子に座
って、あたしを見た。でもあたしは、チューリップから、どうすればなんの表情も浮《う》かべない

でいられるか習っていたから、別にあわてなかった。

「実は、よそのお宅におじゃましてですね、問題のある行動をした生徒がおりまして」

女性の警官が言った。あたしは胸がドキドキしだした。過去のことは、いったいどのくらいまでさかのぼって問題にされるのだろう。〈おじゃま虫ごっこ〉をやらなくなってから、もう一年はたっているはずなのだが。

ママは、よくわからないという顔をした。

「問題のある行動と言いますと？」

それから、あたしのほうを見て聞いた。

「いったい、どういうことなの？」

幸運だった。あたしが何か言う前に、ベンソンさんが説明しようと口を出してくれた。

「実はですね、チューリップ・ピアスのことで、少々問題が発生しまして」

「あ、チューリップね！」

ママがホッとしたのが、わかった。

「チューリップのことですね。そうでしたか」

「それで、こちらのナタリーさんに聞きたいことがあって、訪問させていただいた次第《しだい》です」

あたしは用心深く二人を見つめていたが、ママが質問した。

「聞きたいって、いったい何をでしょう？」

「なぜ、チューリップがああいうことをしたのか、です」

ママは、一人の警官からもう一人へと、見つめる相手を変えた。

「ああいうことって？」

警官は自分の帽子をいじっていたが、突然《とつぜん》、困惑《こんわく》したような、疲《つか》れた表情になった。

「いや、苦情がありましてね。しばらく前に小さな女の子がおぼれて亡《な》くなるという痛ましい事故がありましたが、実はそのご遺族のところに、チューリップはこれまでに三回、訪問しておるのです。チューリップはブラッケンベリーさんのお宅に行くと、ベルを鳴らして、奥《おく》さんにこんなことを言ったんですな……」

警官はここで口を閉じ、ほんの一瞬《いっしゅん》、天井《てんじょう》の漆喰《しっくい》を調べているかのような目をした。

「それで、なんて言ったんですか？」

ママがうながした。

警官は深く息を吸った。

「ミュリエルと遊びに来ました。いっしょに遊んでもいいですか？　と」

ママがまだ事態を飲みこんでいないことがわかった。警官もそう察したようで、もう一度説明した。

「ミュリエル・ブラッケンベリーというのが、おぼれて死んだ女の子の名前です」

ママの顔が、ショックでみにくくゆがんだ。

「チューリップは、わざとそのお宅へ行ったんですか？　わざわざ、死んだ子と遊びたいと言うために？」

「そうです。玄関口に立って」

「にこにこ笑いながら……です」

「ぞっとするわ！　それって恐《おそ》ろしいことだわ！　人の気持ちを踏《ふ》みにじる、最低の、最悪の……」

ママは、怒《いか》りと嫌悪《けんお》感をあたしに向けた。

「聞いた？　言っておきますけど、あなたに二度とチューリップ・ピアスと遊んでほしくないわ。こちらのおまわりさんがなんておっしゃったか、ちゃんとわかったんでしょうね？」

ストルワーシー巡査が口をはさんだ。

「というわけで、われわれはこちらをお訪ねしたわけです。なぜかというと……」

ここで口ごもった。たぶん、ママが「そんなことを言ったのはだれです？」と騒《さわ》がないように気をつかったのだろう。

「なぜなら、まわりの人たちの意見では、たぶんナタリーなら、チューリップのことがわかるだろうとのことでしたから。どうしてチューリップがあんなことをしたのか、まずそれを知りたいのですが、助けていただけませんかね」

ママの目がきつく光った。

「つまり、チューリップは頭がおかしくなったのか、それともどうしようもない不良《ふりょう》なのか、知りたいということですか？」

巡査はまた、当惑《とうわく》して疲れた表情になった。

「もちろん、そんなふうに考えているわけではありませんが、もし、こちらのおじょうさんが……」

ここで、あたしのほうを向いて言った。

「おじょうさん、われわれに協力してもらえませんか？　いったいチューリップは、何をしたかったんでしょうかね？」

あたしの演技は、恐ろしいほど完璧《かんぺき》だった。わけがわからないという不安そうな顔をしてみせた。しゃべっているうちに、ますます混乱したようになり、何か言いかけては、首をふってそのまま口をつぐんだ。

あたしは、正直にありのままを話しているように見えたはずだ。彼らの顔にはこんなふうに書いてあった。「この子は、それなりにいっしょうけんめい協力しようとしているんだが、いかんせん……」。

　いかにも悲しそうな、とぎれがちの打ち明け話であたしが伝えたことは、ひとつだけだった。チューリップとはもう何ヵ月も前から、友だちではなくなっているということ。あたしのあとにはマーシーがいて、ヘザーがいる。だれに聞いてもそう言うと思います。よかったら調べてください。そして、彼らが知りたがっていることは何一つ教えなかった。あたしは苦労して、昔のあたしと今のあたしのあいだに越《こ》えられない壁《かべ》を作り上げてきたのだ。それを今、二人の警官のためにこわす気になどなれなかった。だから、自分がよくわかっていることを、説明してあげようとはしなかった。

　もし、あたしがずっと、友だちと二人で遊んでいたとする。ところが、その友だちが突然遊びに加わらなくなったら、いったいどうするだろう？　たった一人でする遊びを考えるのだろうか。

　それにしても、なんという遊びだろう。あたしのほうは、以前にやった〈おじゃま虫ごっこ〉をすごくドキドキする、危険な遊びだと考えていた。それが今、チューリップは、いったい何をしている？　死んだ子のお母さんのところに出かけていって、死んだ子と遊びたいと言ったのだ！　それも一回ではなく、続けて三回も！

　あたしは、ただ息をのんだ。チューリップはあたしを置いて、ずいぶん遠いところまで行ってしまった。あたしはこうして、パパとママのいい子ちゃんになって、学校でテストを受け、せっせと弟のめんどうまでみている。そのあいだに彼女のほうは……。

あたしたちがどうやって過ごしていたか、過去の魅惑的《みわくてき》な幻影《げんえい》がもう一度浮かんだ。強烈《きょうれつ》な刺激《しげき》。つないだ手。きらきらするあざやかな色彩《しきさい》。空を染めあげ、あたしの暗い心をあたためてくれ、そして永遠の夢を見せてくれる、あのさまざまな色彩。

でも、現実にもどってみれば、警官が来て、チューリップはにこにこ笑いながら玄関に立っていた、と言っているのだ。顔いっぱいに笑みを浮かべて、と。

ミュリエル・ブラッケンベリーのお母さんに向けられた笑顔。

すでに傷ついている人の気持ちを、わざとかきまわして、それを見て楽しもうとして……。

「三回も！」

あたしは遅《おそ》まきながら嫌悪を感じたのだが、ストルワーシー巡査は、あたしが驚《おどろ》いているのだと受け取ったようだ。それで少し弁護する口調で言った。

「ええっと、もちろん最初のときは、ブラッケンベリーさんも、これは何かのまちがいだろうと、そう受け取ったんですな」

「だれだって、そう思いますよね」

ママは、とげとげしく言った。

「そうですね。ですからブラッケンベリーさんも、二度目になって初めて、警察に電話をかけてきたわけでして……」

しばらく黙《だま》ってから、また続けた。

「われわれも、そのように受け取りました。きっと、なんらかの誤解があったのだろうと考えたのです。遺族の気持ちを傷つける事件ではありますが、きっと悪意はないのだろうと」

もう一度、この人は天井を見つめた。

「ところがですね、今晩になって……」

今晩！　信じられない！　学校の前を通りすぎたバスの中からチューリップの姿を見かけたのは、たった三時間ほど前のことだ。彼女はいつもと変わりなかった。それなのに、今、二人のおまわりさんが家《うち》に来ている。彼女が、つらい思いをしている人をなぶって遊ぶ目的で、問題の家に出向いたのだと言いに（最初の二回の訪問のあとでは、警察の車が見張っているかもしれない、と思わなかったのだろうか）。

「あの子は狂《くる》っているわ。あの子は、どうかしてしまったんでしょう。正気とは思えません」

ママが言った。

ここで、ストルワーシー巡査は、引き上げどきだと判断した。胸のポケットから名刺《めいし》を取り出すと、ママとあたしのどちらにわたすべきか考えたあげく、あたしの手ににぎらせた。

「いつでも、どんなことでも思い出したことがあったら、知らせてください。どんなことでもいいからね」

と、おだやかに言った。

あたしはうなずいた。

二人はドアへと向かった。ママはあたしに、事務室に残るようにと身ぶりで示した。外で話しているママの声が、聞こえてきた。

「うちの娘《むすめ》はいったいまあ、チューリップ・ピアスのどこにひかれて、友だちになったんでしょうかしら。正直なところ、わたしには見当もつきませんわ」

ママのいかにも軽蔑《けいべつ》したような口調が、ストルワーシー巡査を嫌《いや》な気分にしたのだろう。たぶん警察の人は、高価なものに囲まれている人が、貧しくみじめな人たちの事件を見下すように話すのを、年じゅう聞かされているのだろう。警察はそういう事件を解決しようとして、いっしょうけんめい働いているというのに。

巡査はちょっと冷たい声を出した。

「はあ。では、チューリップはナタリーのどこにひかれたんでしょうかね。こちらの問題も検討したほうがいいかもしれませんよ」

ママはこの批判《ひはん》を無視した。そして、この件ではだれが悪者なのかを思い出させようと、質問した。

「それで、チューリップはいったいどうなるんでしょうか？」

「われわれがきちんと忠告します。もうブラッケンベリー家をわずらわせるようなことは、させませんので」

あたしが苦心して作り上げてきた壁《かべ》が、ガラガラとくずれ落ちた。立ち聞きをしていたのがママにばれることも忘れて、あたしは走って事務室を出ると、巡査の袖《そで》をひっつかんだ。

「お願いです。チューリップのお父さんには、言わないでください。お願いします！」

ママはびっくりして、あたしを説得しようとした。

「ナタリーったら。警察の方は、チューリップの両親と話さないわけにはいかないでしょ」

「お願い、やめて」あたしは必死だった。「そんなことしないで。もし警察がお父さんに話したら、チューリップは殺されちゃう。絶対殺されるって、あたし、知ってるんです！」

ストルワーシー巡査は親切だった。

「だいじょうぶですよ。おこらせないように、おだやかに話しますから。ピアスさんがかんしゃく持ちなのは、このあたりでは有名ですからね」

「ダメ！　ダメなの！」

あたしは叫《さけ》んで、巡査に立ち向かった。チューリップが心配で胸がつぶれそうで、ヒステリーのようになっていた。

「お願い。おまわりさんは知らないんです。チューリップがしたことを知ったら、お父さんはチューリップが死ぬまで、なぐります。なぐるチャンスを待ってるんですから。おまわりさんがいるあいだはふつうにしてるかもしれない。だけど、いなくなったら、そのとたんに……」

いっしょに遊んでいたときにチューリップが使った言葉が、そのままあたしの口から飛び出した。

「だれもいなくなったとたんに、あの人はチューリップのことを、こんちきしょう、こんちきしょうって、ぶちのめすのよ！　チューリップがひき肉になるまで、鞭《むち》でたたきのめすんだから！」

二人の警察官は、ぎょっとして、あたしを見つめていた。ママでさえ、口がきけなかった。

警官はおたがいに目で合図すると、何も言わずに立ち去った。

4

ホテルでは、ニュースはあっというまに伝わる。ママはその後、あたしには何も言わなかったけれど、だれかにこの話をしたにちがいない。次の日の夕方、あたしがラウンジを通りかかると、あれこれ議論する声が聞こえた。

「邪悪《じゃあく》だこと！　まったく邪悪な子どもですね」

ファーガソンさんが話していた。

「邪悪だなんて、そんな大げさな！　あの子はただ心に問題をかかえているだけでしょうに」

ピティファーさんが言った。

あたしは、二重ドアを通って出ていく代わりに、柱の後ろのだれからも見られないところにかくれて、彼《かれ》らの話を聞くことにした。いつものように、ミスター・エンダービーが平和的な意見を言った。

「何か誤解があったんじゃないですかね。いろいろな事件が誤解から起こりますからね」

「ありえませんね！」

ファーガソンさんがピシャリと言った。

「あのピアスっていう娘《こ》はね、いいですか、生まれつき悪の素質を持っているんです。そんなことがわからないんですかね」

ジュリアスは勉強しているふりをしていたが、スペリング練習帳から目を上げた。

「ねえねえ、それ、チューリップの話？」

ピティファーさんは、ファーガソンさんに黙《だま》るように言うわけにもいかず、代わりにジュリアスを追い出した。

「いい子だから、あちらへ行きなさいね。ここでは宿題に集中できないでしょ」

ジュリアスはぶらぶらと行ってしまった。たぶん、単語の勉強をやめる口実ができて喜んでいるだろう。ピティファーさんは、ほかに立ち聞きしている子どもはいないかとあたりを見まわした。でもあたしは、うまくかくれていた。そのうちに、ママが夕食前のご機嫌《きげん》うかがいにやってきて、また同じ話題になった。

「今、ピティファーさんに言ったところですよ」と、ファーガソンさんが始めた。「ピティファーさんのようなご親切な方が大勢いて、すぐに子どもに同情するでしょ。わかるわかる、あなたがたの直面している問題はみんなわかるって。今どきの子どもはそうやって甘《あま》やかされているから、問題を起こすんです。わたしのように、子どもたちのなかには骨の髄《ずい》まで悪いのがいると、こう、はっきり言う人間がもっといたほうがいいと思いますね」

お年寄りのハーンズさんは、このときまで一言も口をはさんでいなかった。このうわさ話が早く終わるよう願っていたにちがいない。そうしていつものように、ピアノを弾《ひ》いてほしいとだれかに頼《たの》まれるのを待っていたのだ。でも、この言葉に腹が立ったらしく、口を開いた。

「なるほどね！　問題を起こす子は、悪い種というわけですな。悪魔《あくま》がまいた、悪い種だと、そうおっしゃりたいわけだ」

ファーガソンさんは、これを皮肉《ひにく》とはとらなかった。

「そうですとも。わたしが小さかったころには、こういうことは、はっきりと教わったもんですよ。ほら、短い詩があったじゃないの。『悪いことをすると、悪魔が喜ぶ』って。みなさんだって、あれを暗唱させられたくちでしょ？」

「ああ、その詩なら、知っている」

こう言ったのは、スコット・ヘンダーソンさんだった。バーの係のジョージが飲み物をのせたおぼんを運んできたが、ヘンダーソンさんはそのあとをぶらぶらとついてきて、あたしに向かってウィンクをした。見つかってしまったので、あたしは柱の後ろから出た。

ところが、あたしに気づいた人はいなかった。ヘンダーソンさんが両手を組み合わせて、問題の詩を暗唱しはじめたので、みんなそちらに気をとられていたのだ。

悪いことをすると、悪魔が喜ぶ。
なぜって悪魔は、探してる。
自分の仲間を、探してる。
いっしょに火あぶりになるように、
いっしょに地獄《じごく》に行くように、
悪い子どもを、探してる。

「詩なんて言えるものじゃ、ないやね」
ハーンズさんはこう言って、顔をしかめた。でもママは、これ以上の議論をやめさせるいいチャンスだと思ったらしく、ちょっと大げさに拍手《はくしゅ》を送った。ヘンダーソンさんはうやうやしくおじぎをした。ママが「これ以上の言い争いにならないよう、じゃまをしてちょうだい」と目で合図を送ったので、それを受けたジョージは、わざとお客が注文したのとちがう飲み物を配ってまわって、ちょっとした騒《さわ》ぎを巻きおこした。ママはハーンズさんがかけている椅子《いす》に寄りかかるようにして、おだやかに言った。

「みなさんはきっと、何かいい音楽をお望みだと思いますわ。このあたりで一曲お願いできませんかしら？」

ハーンズさんは喜んで立ち上がり、ピアノを弾きはじめた。ママが「かびが生えそうな古くさい曲」と呼んでいる、いつものあれだ。ママは笑顔をはりつけたまま、ピアノの音に合わせて首をふっていた。三十分ごとに音を立てる古いふりこ時計が鳴ったときも、ママは断固としたようすで『バイバイ、ブラックバード』をハミングしていた。ほかの人たちはといえば、やれやれとソファから立ち上がって、食堂へ向かってロビーを横切っていった。

ママの明るい表情は、空気の抜《ぬ》けた風船のようにしぼんでいった。椅子の背に頭をもたれさせて、目をつぶった。警察が来たことや、あたしがチューリップのお父さんについて言ったことで、ママはあたしと話をしたいと思っていたにちがいない。でもちょうどそのとき、電話がかかってきた。ママはしばらく放っておいた。でも、だれも電話に出る人がいないようで、電話は鳴りつづけた。

ママはためいきをついて、立ち上がった。

数秒後、ママの姿は消えていた。

5

ママは、お客の言い争いを必死でくいとめた。でも自分は、上の部屋で、パパと激しくやりあった。

「ファーガソンさんの言うとおりだわ。チューリップは、根っから邪悪《じゃあく》な子どもなのよ」

「なんてことを言うんだ。本気だとは思えないね。あんなばあさんどもに、子どもたちの何がわかるっていうんだ。生まれつき邪悪な子なんて、いるわけがない。そんなものがいてたまるか。ましてチューリップがそんなはずはない」

ママは背中を向けて、古くなった花の水を捨てて、新しい水を入れた。

「それじゃ、あの子はなぜあんなひどいことをしたのよ。説明できないじゃない」

「バカも、休み休み言え。きみだって、よくわかってるはずだ。チューリップの育ち方を見れば、ほかの人たちの気持ちに鈍感《どんかん》だって、しかたがないってもんだろうが」

「これって『鈍感』の一言で片づけられる問題じゃないでしょう！」

ママは激しい調子で言うと、テーブルの上に花びんをドンと置いた。

パパはさっと手を伸《の》ばして、花びんがころがらないよう押《お》さえた。

「ぼくが何を言いたいか、わかってるくせに。良いことか悪いことか判断するには、心がちゃんと育っていないといけない。そして心が育つには、人間はちゃんと人間としてあつかわれる必要があるんだ」

「チューリップはバカじゃないわ。ちゃんと社会のルールを理解してるわよ」

「でも、そのルールが大切だってことを理解できるか？　あの子の父親は一方的に罰《ばっ》をあたえる。あの子は、自分が何をしようと、あるいはしなかろうと、どっちにしても罰をくらうと思っているだろう。そうなれば、社会のルールなんか気にかけたってしかたがないと思っても当然じゃないか」

あたしは、逃《に》げ出したいのを必死でこらえた。この話を聞くまでは、パパとママがこれほどチューリップを理解していたとは知らなかった。

パパはチューリップの弁護を続けた。

「あの子にはルールを気にかける理由なんかない。かしこい子だから、あの子のような人間がみんな自分のやりたいようにやりだせば、だれもかれもが不幸になることを知っているんだ」

「自分の気持ちを無視されて育てられれば、ほかの人たちの気持ちを大切にしようという気になれなくて当然だろう」

部屋の隅《すみ》では、ジュリアスのテレビゲームがにぎやかな音を出していた。でも、ママの声はその上をいった。

「あなた、自分をだますのはよしてよ。チューリップは人の感情が大切だということぐらい、よくわかってるわ。だからこそ、ああいうことをするんじゃないの。人の気持ちをなぶって遊ぼうとしたんでしょ。人の気持ちがわかるから、やったんじゃない」

パパは言葉につまって、肩《かた》をすくめた。それでも、チューリップの弁護をあきらめきれないというように、話を続けた。

「新聞を見れば、もっと小さい子どもたちがもっとひどいことをしているのがわかるよ」

自分が言ったことを証明しようと、パパはテーブルの上のクロニクル新聞を取りあげて、記事を読みあげた。

「イレブンウォーターで少年が殺された事件で、警察は、犯人が被害者《ひがいしゃ》の少年と同じくらいの年齢《ねんれい》であると確信しているそうだよ」

あたしはもう、くわしいことは忘れてしまった。足跡《あしあと》とか、洗濯物《せんたくもの》を干そうとしていた人が争う声を聞いたとか、さらに、道を歩いていった二人連れのうち一人だけがもどってきたのを何人かが目撃《もくげき》していたとか、そんな話だったと思う。なにしろ警察は確証をつかんでいた。彼《かれ》らが探している犯人は、あたしより年齢のいかない子どもだった。

ママは、パパの話を聞いても、自分の意見は変えなかった。

「カッとして我を忘れる子って、いるものよね。それから危険な遊びだということが理解できないほど、おつむの弱い子だって、いるでしょうよ。でも、チューリップがブラッケンベリーさんを訪ねていったことは、そういうこととは根本的にちがうわ。チューリップのしたことは、ただの悪いことというのとは、あまりにちがう。だから邪悪だって言うのよ。悪いこととは別物だからよ」

「邪悪な子どもなんて、いるはずがない。きみだって、よく知っているはずだ」

こうして議論は堂々めぐりをした。あたしは、ジュリアスの肩ごしにテレビゲームを見て、ジュリアスの高得点に感心しているふりをしていた。ママが隅のテーブルの上の、もうひとつの花びんにとりかかる前に、パパがまた反論しはじめた。

「いいかい。子どもに関わる専門家でさえ、どうにもがまんできないと感じる嫌《いや》な子どもに出会うことがあるそうだ。心が根本からねじまがっているとしか思えない子どもがいるんだよ。でも、そう思った専門家がその子の両親に会うと、どうなると思う？　『かわいそうに。この子がここまでねじまがってしまったのも当然だ』と同情するようになるそうだよ」

ママはあざわらった。

「あら、そう。それなら、すごくいい考えがあるわ。あなたがチューリップの両親をブラッケンベリーさんのお宅に連れていけばいいじゃないの。そうすれば、ブラッケンベリーさんはチューリップを気の毒に思ってくれるんでしょ？」

パパはもう、口をきくのをやめた。

「そうすれば？」とママは言って、切り花用の霧吹《きりふ》きを持つと、パパの前を通ってバスルームに行った。中に入ると、わざわざドアを閉めた。

下からの呼び出しブザーが二回鳴った。

パパはしかたなく、テーブルの前から立ち上がった。あたしが見つめているのに気がついて、テーブルの上の新聞をあたしのほうにすべらせてから、暗い口調で言った。

「この事件で、チューリップにアリバイがあるといいがね」

もちろんジョークだった。でもパパは、知らなかった。この新聞が届いたあとで、あたしは廊下《ろうか》に置いてある飾《かざ》り台の前に三十分もひざまずいて、イレブンウォーターの地図を見て、縮尺を調べ、何度も何度も計算をしたのだ。チューリップはシロだと確信するまで、あたしは調べることをやめなかった。

6

　しかも、これが初めてではなかった。養鶏場《ようけいじょう》でぼやを起こしてからというもの、あたしは毎晩、必ず新聞の地方版を調べていた。

　あたしが学校から帰ってくると、パパは、パソコンから顔を上げるか、部屋の鍵《かぎ》をかけてある場所からふり向いて、こう言う。

「お帰り、ナタリー。新聞を配ってくれるとありがたいな」

　あたしは、クロニクル新聞の束《たば》を両腕《うで》いっぱいにかかえて、配って歩く。ポン、ポンと、一つおきのソファにのせる。ポンと三部を夕食のメニューをのせたテーブルに。二部をバーに。二部をコーヒールームに。そうして残りは全部ラウンジに置く。

　全部、でも一部だけこっそりとっておいて、自分の部屋に持っていく。そして、隅《すみ》から隅まで読む。盗《ぬす》み。暴力。公共物破壊《はかい》。しっかり全部のページをめくる。

「火事でホームレスがやけど」――よくある記事だ。一週間に十回も、そんな記事がのっている。それぞれ目撃者《もくげきしゃ》が焦《こ》げるにおいをかいだとか、炎《ほのお》が見えたとか、あれこれ語っている。記事のわきに焼け焦げた小屋の写真がのっていることもある。あたしは自分に言い聞かせる。酔《よ》っぱらいのホームレスが死にかかったという、それだけのことだ。チューリップが火をつけるからといって、この火事を起こしたことにはならない、と。

それでもあたしは、チューリップを疑った。ときには、これは彼女《かのじょ》のしわざにちがいないと思いこんで、それ以上記事を読み進むことができなくなったこともある。でもようやく、こんな文字を見つける。「水曜の昼ごろ」。そのころ、チューリップが罰《ばつ》を受けるために、校長室に乱暴な足どりで入っていったのを見かけたことを思い出す。そう思ってもう一度読んでみると、「犯人は身長一八〇センチくらいの男」とも書いてある。

それにしても、毎晩毎晩クロニクル新聞の紙面をにぎわす人たちは、いったいどんな人たちなのだろう。みんなチューリップのように、いろいろな遊びにふけって生きているのだろうか？　ひとつの遊びにあきると、もっと危険でもっとむずかしい遊びに挑戦《ちょうせん》して？

その人たち全員が、チューリップのように、暴力をふるう卑劣《ひれつ》な父親と、弱すぎて子どもを守れない母親を持っているわけではないだろう。あんなひどい親が世の中にたくさんいるなんて、とても思えない。もしいるのだったら、あたしはこわくて、もうバスに乗ったり、道を歩いたりできないような気がする。

そのころパパは、あたしがしょっちゅう廊下《ろうか》にいることに気がついた。

「小さい地図学者がいるんだね」

通りがかりにパパが言った。

「えっ、なんて言ったの？」

「地図学者だよ」パパは肩《かた》ごしに言った。「きみは最近いつも、その台の上にかがんで地図を調べてるじゃないか」

「だって、知りたいことがあるから」

パパは突然《とつぜん》足を止めると、運んでいたテレビを床《ゆか》に置いた。

「これは三〇二号室に持っていくんだ。忘れないように、パパにそう言っておくれ」

そう言ってから、あたしのとなりの腰《こし》を下ろすと、あたしの目にかかっていた髪《かみ》をかき上げた。

「ねえ、ナタリー。きみ、何か心配事があるんじゃないかい？　何か、困ってるんじゃないのかな？」

だれでも選ぶことができる。あたしはこれまで、何回もパパの前でそっぽを向いた。チューリップがそばにいれば、パパはいらなかった。チューリップの手があれば、それでよかった。

でも今、チューリップがいなくなって初めて、あたしは自分自身を、パパとママの目に見えないようにしてきたのだとわかった。パパもママもいそがしく、そのうえママはジュリアスばかり気にかけていたから、あたしにはかえって好都合だった。あたしはパパとママに、放っておいてもらいたかった。だから、そのとおりになったのだ。

もし女の子がいい子で、きちんとした身なりをして、ちゃんと宿題もやっていれば、それ以上のことはだれも気にしない。あたしがにせものの自分をこしらえて、にせものが「おはよう」と言い、お皿をちゃんと配り、汚《よご》れものをキッチンへ運ぶようにしていれば、パパもママもなんの注意も払《はら》わない。注意を払わないから、そこにいるのがにせものかどうか、気づくこともない。

もしかしたら、自分から手をあげて、親に気づいてもらうべきだったのだろうか。自分自身を救うために。

あたしは、口を開いた。

「あたしが地図を見てたのはね、火曜日にブライドルフォードでおばあさんが刺《さ》されるっていう事件があったでしょ。あれ、チューリップが犯人かどうか調べてたの」

パパは顔を近づけて、じっとあたしを見た。

「なんだって？」

あたしはふつうの声で言った。

「でも警察によると、あのおばあさんが刺されてお金を盗まれたのは、三時なの。その日はあたしたちは学校で記念写真を撮《と》っていて、終わったのは二時半だった。ブライドルフォードは遠いでしょ」

パパに縮尺表示を指で示してあげた。

「チューリップは自転車を持ってないの。だから、チューリップにはアリバイがあると思っていいわけ」

パパはまだ、あたしを見つめたままだ。

「きみは最近よくここにいたけど、いつもそんなことをやってたの？」

あたしはうなずいた。

パパは、びっくりしたというふうに首をふった。

「だけどさ、いったいぜんたい、なんだって、チューリップが犯人かもしれないと思ったんだい？」

「じゃあ、教えてよ。こういう事件を起こす人って、だれなの？　チューリップみたいな人じゃなければ、いったいだれなの？」

「きみはちょっとヘンだよ。確かにチューリップは問題児になりかかっていると思うけど、でも……」

あたしはパパの話をさえぎった。

「パパはお昼にここにいたでしょ。ピティファーさんがみんなに言ってたのを、パパだって聞いたよね？　あのおまわりさんが自分の奥《おく》さんになんて言ったかって」

パパは不機嫌《ふきげん》な顔になった。

「まったくおしゃべりなばあさんたちだ！　あのばあさんたちの口には、ふたでもしなくちゃダメだ」

でも、パパはちゃんと知っていると、あたしにはわかっていた。ピティファーさんは、こんなふうに言っていたのだ。

「チューリップの家を訪ねたおまわりさんが、帰ってから奥さんになんと言ったか、聞きましたよ。『あれは家なんてもんじゃない。ただ雨をしのげるというだけの冷たい箱だ。あそこに半時間いたけれど、命を持っていると思えたのは、ギャンギャン吠《ほ》えている、でかい犬だけだった』と言ったそうよ」

パパは、ためいきをついた。

「チューリップがかわいそうだ」

かわいそうがればいいってわけじゃない。あたしはパパにくってかかった。

「パパは知ってたんだ。何年も前からわかってたんだ。知ってたから、最初からあたしに、あそこの家に行ってはいけないって言ったんでしょ？　あのときパパがママに言ったことを、あたしは覚えてる」

あたしは、パパの断固とした言い方をまねた。

「あそこは子どもがいるべき場所じゃない」

「それなら、パパは正しかったってことだ」

パパは、ちょっと自慢《じまん》そうに言った。

「じゃあ、チューリップはどうなの？　チューリップだって子どもよ。もし、パパがあたしはあの家に行ってはいけないと思ったのなら、チューリップだってあそこにいちゃ、いけなかったんじゃないの」

「ナタリー、わたしたちは、よその家の子どもをさらってきて、別の家庭をあたえるわけにはいかないんだ。たとえ親がどんなにひどくても、だ」

「でもチューリップは、あそこにいちゃ、いけなかったのに」

あたしは頑固《がんこ》に言い張った。

パパはあたしの手をとろうとした。

「いいかい、だれも、何もしなかったなんてことはない。わたしたちも何回か、しかるべきところに電話で通報しているし、ほかからも通報があったんだ。小学校でも中学校でも、チューリップの家庭環境を問題にしていた。ピアス家には、ソーシャルワーカーが繰《く》り返し訪ねていってていたよ」

それなら、みんなが知ってたんだ！

「それで、どうなったの？　あれくらいならいいだろうってことになったわけ？」

あたしは嫌《いや》な言い方をした。

パパは立ち上がって、あたしを見下ろした。

「そういうことだ」

パパはしばらく間《ま》をおいてから、たんたんと話した。

「あれくらいでは、手の出しようがなかった。悲しいことだが、人生ってやつはそういうものなんだ。子どもにとって耐《た》えられない環境《かんきょう》だというので救いの手を差しのべるには、あれより、もっとずっとひどい状況《じょうきょう》でないとダメなんだ。そして、そうなるまでは、自分たちでなんとかするしかない」

あたしは胸がむかむかした。これ以上むかつくことがあるとは思えない。

「じゃ、あの一家は自分たちで自分たちを守る以外、方法はなかったんだ。自分たちだけで」

あたしは、あざわらうように言った。

パパはちょっと黙《だま》っていたけれど、続けた。

「そうできないというものでもない、とパパは信じている」

パパの声はあくまで冷静だった。

「ピティファーさんがよく言ってるじゃないか。『どんな聖人にも過去がある。どんな罪人にも未来がある』ってね。それに、きみ自身のことを考えてごらん。きみは、自分でなんとかしたじゃないか。通知票から赤点がなくなった。放課後ほっつき歩くこともなくなった。成績はずいぶん上がったし、悪い習慣もなくなった。きみはチューリップから離《はな》れて、自分で自分を救ったんだ」

あたしはパパに向かって叫《さけ》びたかった。「そのとおりよ。だけどあたしには、世の中を変えるだけの力がない。でもパパたち大人は、力を持ってるじゃない」。

でも、叫んだからといって、今さら何も変わらない。パパは、あたしの言うことを聞くわけにはいかないのだ。みんなだって、そう。もし、あたしの言うとおりだと思うなら、あたしと同じだけの罪の意識を感じなければならなくなるから。

だから、あたしは黙っていた。パパが床に置いたテレビを見て、うなずいて言った。

「忘れないで。パパは三〇二号室へ、これを持っていくところだったわよ」

「そうだね」

仕事を思い出したパパは、行ってしまった。

7

このときから、あたしは、チューリップ・ピアスのことを自分の頭から追いはらって、自分のことだけに集中することにした。今回は、あたしはきちんとやってのけた。休み時間には図書館に行くようにした。かたまっている女の子のグループがいたので、だんだんにその子たちの近くに座るようにした。ある日、ついにグラニスという子が「分度器を貸してくれない？」とあたしに聞いてきて、アナという子が、あたしのヘアスタイルはすてきだと思うと言った。

あたしは、この子たちといっしょに毎日学校のカフェテリアの列に並ぶようになり、グラニスといっしょにバス停まで歩くようになった。一週間くらいあと、グラニスは、週末に計画していたパーティの話をしていたときに、「ナタリーも来てよ、ね？」と言った。

ついにあたしも、グループに入れたのだ。

チューリップが学校に来たときには、廊下《ろうか》で見かけることがあった。あたしもみんなと同じように、チューリップがすさまじい勢いで先生とけんかしたり、すごい反抗《はんこう》をしたりするのを見守っていた。

「ミニバー先生のことをなんて呼んだか、聞いたでしょ？　うわさでは、チューリップは退学させられるみたい」

「あたしのお父さんが言ってたわね。チューリップはバスの座席を切りきざんだって、警察に通報されたらしいって」

「バスの座席のことじゃなくて、どろぼうをしたからでしょ」

チューリップは階段を駆《か》け上がってきては、あちこちの教室に顔を出して、あたりかまわずどなりちらした。

「そこをどきな。このクソったれ」

だれもが、さっさとどいた。だれもかれも、チューリップをこわがっていた。先生たちが言うことをきかせようとさえしない生徒のそばに近づくことは危険だと、みんなは思っていたのだろう。

問題を起こすと、それをきっかけに立ち直ることはなく、チューリップはいっそう悪くなった。いっそう乱暴になり、気の狂《くる》った女王のようになった。おどしも警告も、罰《ばっ》さえ気にかけず、年じゅう停学をくらっては、胸《むね》を張って出ていった。とんでもない時間に堂々と門を出ていく姿をよく見かけたが、罰として家に帰されるのか、それとも勝手に出ていくのか、まわりにはわからなかった。

こうしてチューリップが評判になると同時に、あたしもまた、別の意味で評判となっていた。三月には試験の成績があまり上がったので、賞状をもらった。フォーラー校長は両親を呼んで、あたしを成績優秀《ゆうしゅう》な生徒の特別クラスに入れると言った。

「このクラスでやっていくのは、なかなか大変ですよ。でもナタリーは、熱心によく勉強していますから、きっとだいじょうぶでしょう」

と、先生は言った。

そのとおり、あたしは特別クラスで、楽々とやっていった。なぜか、勉強はすればするほど、おもしろくなった。そうして学年末に、あたしは三つの賞をとり、みんなの前で舞台《ぶたい》に上がり、校長先生と握手《あくしゅ》して賞状をもらった。

チューリップとあたしは、正反対の方向に同じだけ進んでしまったのだと気がついた。あたしは今では有名な優等生で、そしてチューリップは有名な不良だった。

そしてある日、あたしはロッカー室でチューリップと出くわした。

「そこのバカ、さっさとどきな！」

チューリップはどなると、あたしを押《お》しのけた。

小学生のころは、チューリップからひんぱんに「バカ子」と呼ばれていた。それを思い出したからだろうか。あるいは賞をもらったばかりで、侮辱《ぶじょく》されるいわれはないと思っていたのだろうか。とにかく、あたしは愚《おろ》かだった。わざわざ、本当にわざわざ、あたしは視線をチューリップの顔から、汚《よご》れたセーター、そしてしわだらけのスカートへと移動させたのだ。

それから、鼻の頭にしわを寄せた。

チューリップの目を見たとたん、あたしはやりすぎたこと、それもひどくやりすぎたことをさとった。

「へえ、あんた、今でもあれをやって遊んでるんだ」

大急ぎで、あたしはとりつくろおうとした。

「それ、どういう意味？　わけがわからないけど」

あたしの言葉を無視して、チューリップが言った。

「ずいぶん長いことやってないもんね、ちがう、ナタリー？　あんた、ほかには何をやりたい？　〈トンネルのデブ〉？　〈ぶちこわし〉？　〈ガイコツ行列〉？　それとも〈空を見ろ〉をやる？　あんたはあれが大好きだったよね」

人の目があれほどすさまじい力を持つことを、知らなかった。突然《とつぜん》、あたしは恐怖《きょうふ》のあまり、気分が悪くなった。

「あんたと遊ぶつもりはないわよ、チューリップ！」

チューリップは目を大きく見開いた。

「なによ、その言い方。あんたが自分のほうから始めたってのに」

「あたし、何も始めてない」

「始めたわよ。あんた、〈クサいヤツ〉を始めたじゃないか。見たんだからね」

昔の親友は、何もかもお見通しだった。あれこれ言っても始まらない。あたしはドアのほうへと向かった。

「覚えてな。次はあたしが遊びを選ぶ番だからね」

後ろからチューリップの声がした。

あたしは、何も聞かなかったふりをした。通ったあとすぐ閉まるようにドアを力いっぱい押して、長い廊下を急いで逃《に》げた。曲がり角でふり向いたが、チューリップは追ってきてはいなかった。でも、安心はできない。チューリップは自分であたしを追いかける必要などなかった。彼女《かのじょ》のおどし文句が、代わりにあたしを追いかけてきている。

あたしは、安全な場所にたどりつきたくて、次の授業のある教室に行き、自分の席に座った。心臓がドキドキしている。だれもあたしを見ていない。だれも気づいていない。

でもあたしは、恐怖に凍《こお》りついて座っていた。チューリップを、あたしはよく知っている。

彼女は最後の最後に勝つまでは、決してあきらめないだろう。あたしは心底そう思った。それだけではない。彼女がどの遊びを選ぼうとしているか、あたしにはわかっていた。

8

　続く数日間、あたしは、みじめなウサギのような気分だった。チューリップに耳をつかまれて、これからどうなるのかとブルブルふるえているウサギだ。でも、一週間が二週間になり、三週間になっても、チューリップは、あたしのほうをチラリと見ることさえしなかった。そうこうしているうちに、次の週が終わって、夏休みになった。

　その夏は、しょっちゅう、ジュリアスに聞いていた。

「最近、チューリップがこのあたりをうろついているのを、見かけた？」

　弟はやっていたことを中断して、答えてくれた。

「チューリップ？　見てないけど、なんで？　ここに来ることになってんの？」

「ううん。でも、チューリップを見たら、絶対あたしに教えて。ね、頼《たの》んだからね」

　あたしは弟に、心配そうなようすを見せまいとした。でも、そんなふうにつくろわないほうがよかったのだろう。あるとき、弟に同じ質問をしたときに、いつもとちがう答えが返ってきた。

「いちんちか、ふつか前に、古いガレージのそばでチューリップを見たよ。でも、ぼくが呼んだら、いなくなっちゃったんだ」

「次にそんなことがあったら、すぐに教えてくれる？　お願い」

「いいよ。そんなに知りたいならね」

あたしはガレージの中を必死で探してみたけれど、何も出てこなかった。今ふり返ってみれば、驚《おどろ》くことでもなんでもない。チューリップは、もっとずっと頭が切れるから、簡単に見つかるようなへまをするはずがない。

日々は過ぎていった。あたしがホテルの仕事を手伝うと、パパがアルバイト代を払《はら》ってくれるようになった。ママも事務のアルバイトを必要としていたから、あたしはいそがしくなった。グラニスが一度か二度、うちに遊びに来たし、あたしも彼女《かのじょ》の家に出かけた。

あたしはだんだん、チューリップはあたしをただおどかしただけなのだと、そう信じるようになった。あたしがどれほど弱いところがあるか、チューリップは知っている。チューリップがとっくに忘れたことで、あたしが何週間もびくびくと心配しつづけるのなら、彼女にとってはそれだけで、気の晴れる復讐《ふくしゅう》となるかもしれない。

そんなわけで、あたしは神経をピリピリさせるのをやめた。だいいち、心配などしていられないほど、ほかにやることがあった。夏が終わってまた学校が始まると、勉強もいそがしくなったし、週に二日はネットボールの練習があり、学校でやる劇の役ももらった。学期が半分過ぎて、劇のリハーサルで大騒《おおさわ》ぎをしているうちに、あっというまに、もうクリスマスの季節となっていた。

「グラニスをうちに招待するの？」

「ううん。グラニスはお父さんの家に行くことになってるの」

「じゃあ、アナを呼べば？」

「クリスマスにアナがよその家に出かけたりしたら、アナのお母さんはひきつけを起こしちゃうって」

パパが肩《かた》をすくめた。

「そうだろうね。もしナタリーがクリスマスにうちにいなかったら、パパも悲しいよ」

そんなわけで、いつものクリスマスが始まった。あたしは新しいグリーンのスカートをはいて、シェリー酒とカナッペの海を泳いでいた。いつものようにハーンズさんがピアノでクリスマス・メドレーを弾《ひ》き、いつものようにチャリティのためのくじ引きも行われた。

そして、いつものようにクリスマス・キャロルの合唱になった。ジュリアスががんばって、ソロで『ダビデの村の馬屋《うまや》のうちに』の最初のメロディを歌い、スコット・ヘンダーソンさんの奥《おく》さんは、メロディの区切りごとに、幽霊《ゆうれい》のような細かくふるえる声で、ソプラノの副旋律《せんりつ》をそえた。ハーンズさんが眼鏡《めがね》を忘れてきたので、ピアノはいつもより自信なげだったけれど、お客たちはみな声を合わせていた。窓ごしにテラスの飾《かざ》り電球がチカチカと点滅《てんめつ》するので、みんなの顔は光ったり、影《かげ》になったりを繰《く》り返していた。

ああ、この日この夜を選んだチューリップは、なんてかしこかったのだろう！　この夜だけは、お客は一人残らずホールに集まっていた。そしてキッチンには、当番の人以外は一人もいなかった。当番の人たちは特製スープの鍋《なべ》を見たり、オーブンの中に頭を突《つ》っこんでごちそうの出来を調べたりと、こまねずみのように働いていた。

かしこいチューリップが選んだ、最高の夜！　この夜ばかりは、小さな黒い影が、灯油やガソリンをそっとこぼしてまわっても、だれも気がつくはずはなかった。敷居《しきい》や柱、ドアやベンチ、手すりや横板、古いホテルのありとあらゆる木製の物の上に、灯油がまかれた。

抜《ぬ》け目のないチューリップは、最初から優位に立っていた。この夜なら、手がつけられなくなるまで、気づく者はいなかった。だれもかれもがシェリー酒と、華《はな》やかに燃える暖炉《だんろ》の火のせいで、顔をピンク色にほてらせていたのだから。夜がふけるにつれ、みんなの顔はいっそう赤く、いっそう陽気になるばかりだった。

「火事だぁ！　火事だぞ！　バルコニーが燃えてる！　火事だぁ！」

最初の炎《ほのお》が燃え上がったとき、非常ベルが鳴りはじめた。パパがこのホテルに来てすぐにつけたスプリンクラーが、即座《そくざ》にまわりだした。みんな動くべきとおりに動いて、パニックにおちいる人はいなかった。あとでママが、お客たちのことを「これ以上望めないほど冷静に行動してくれた」と言ったけれど、そのとおりだった。

みんなは芝生《しばふ》に避難《ひなん》して、全員そろっているかどうかを、おたがいにチェックした。まるで、これまで何度も火事とつきあってきたとでもいうように。宝石を取りに部屋にもどる人はいなかったし、猫《ねこ》を探して火の中に飛びこむ英雄気取《えいゆうきど》りもいなかった。ごちそうのハイライトのひとつ「ローストビーフのパイ皮包み」が今まさにこんがりと焼き上がるところだったので、料理長のセドリックだけは、オーブンから無理に引きはがさなければならなかった。だが、ほかのキッチン当番の者たちは整然とガスを止め、グリルの火を落としてから、すみやかに近くのドアから避難した。

おかげで、チューリップが計画した最初の爆発《ばくはつ》が起こって、温室のガラスがくだけちったときには、全員が安全な場所にいて、渦巻《うずま》く炎をながめていた。そして、もしもあの子があれほどぬかりなくなかったなら、消防車は間に合ったはずなのだ。

チューリップは、百年間も降りつもった落ち葉の山を掘《ほ》り返して、ホテルへ続く道の先にある巨大《きょだい》な鉄の門の前に積み上げておいたのだ。そして鎖《くさり》を門に何重にも巻きつけて、南京錠《なんきんじょう》までかけた。おかげで、消防隊の人はチューリップの「ダメ！　その門は開きません！　ここをまわったところに別の門があります」という言葉を信じてしまった。最初の消防車は、農場へと続く泥道《どろみち》にはまりこんでしまい、それに二台目の消防車が続いて、いっそう動きがとれなくなった。

こうして、パレス・ホテルは燃えつきた。あたしとジュリアスは並んで見つめていた。窓が火のわくに包まれ、ひとつ、またひとつと激しく燃え上がる。炎が踊《おど》るたびに、弟の顔は赤々とかがやいた。

弟があたしのほうを向いた。ほっぺたが、炎のせいだけでなく、興奮のために燃えている。

「ねえ、お姉ちゃん、これって、チューリップのしわざだと思う？」

あたしは大ウソをついた。あたしのほっぺたは、たぶん弟と同じようにまっ赤になったはずだ。

「そんなこと、あたしにわかるはずないでしょ」

弟は元気よく炎のほうを向いて、やっと到着《とうちゃく》した消防隊が欄干《らんかん》に向かって放水し、水が巨大なとぐろを巻くのをながめていた。ずいぶん前に、チューリップは、盗《ぬす》んだ金の鎖をゴミ箱に向かって放り投げたことがあった。水は、あのときの鎖のようにひゅるひゅると、大きな建物に向かって飛んでいき、そのまま消えていった。

彼女《かのじょ》も見ているのだろうか、とあたしは思った。彼女がただひとつ愛した場所が炎に包まれるのを見て、いったいどんな気持ちがするのだろうか？

チューリップはよく、ブツブツのついた銅製のバーのカウンターをなでていたが、そのカウンターがねじまがり、溶《と》けていく。美しい曲線を描《えが》いてカーブしている階段の手すりに、彼女は何万回も指をはわせたものだが、その手すりがみにくくねじれて燃えつきようとしている。クジャクが止まり木に止まるように、彼女はあたしたちの後ろの樹木のかげにかくれて、泣きはらした目をしているのだろうか？　それとも、ただ笑って家に帰り、遅《おそ》いと言われてまたなぐられているのだろうか？

パパが後ろに来て、あたしたちの肩に手をかけた。パパは口をきくことができなかった。ただそこに立って、ながめていた。そしてママも。

あたしたちは、黙《だま》ったままそこに立って、パレスがついに戦いに負けるさまを見つめていた。バリバリ、ゴーゴーと耳をつんざくすさまじい轟音《ごうおん》のなかで、敗北のけむりが静かにのぼり、そして流れていく。あとには黒く焼け焦《こ》げた柱の林が立っている。この中にチューリップはしのびこんで、何週間もかけて危険なおもちゃをかくしてまわったのだ。最後の最後に、最悪中の最悪な火遊びをする準備がすっかり整うまで。

9

あしたたち一家は、この土地を出ていくことになった。あしたになったら、ネトル・アンダーウッドに向けて出発する。新しいホテルの名前は、スターバック・アームズ・ホテル。パパは喜んでいた。ときどき、チューリップはパパのためにいいことをしてくれたと思ってしまうほどだ。

パパはみんなに言った。

「パレス・ホテルは立派な古いホテルだが、流行遅《おく》れなんだ。だから、これからいろいろなことをして、リニューアルしないといけない。これだけ部屋数があると、リピーターのお客さんと、通りすがりの旅行客だけではやっていけないから、流行を追わないとね。スパやエステ、プール、それからちゃんとダンスができるクラブがいる。エレベーターもつけなければならない。スターバックなら、そういうものはもう全部そろっているんだ」

ママは、たくさんのものを失ってしまったと嘆《なげ》いていた。焼けてしまった写真は取り返しがつかないと涙《なみだ》を流した（ジュリアスの写真のことだろう）。保険会社からの電話で、何度か頭に血をのぼらせた。でも、きのうになったら、焼け残りのものをつっこんであった部屋をながめて、あたしにこう言った。

「きれいにしなくちゃいけないものなんて、ないわ。どうでもいいものばっかりよ。ナタリー、こんなのいいから、いっしょに散歩に行こうか。村に行って、いっしょにお茶を飲みましょうよ」

その村では、ホテルを惜《お》しんでいる人などいなかった。お茶を飲むにしても、あのホテルはこのあたりの人にとっては、高すぎた。ホテルのあった土地は、モダンな建て売り住宅を販売《はんばい》する会社が買うことになった。それでよかったのだろう。パパが非難を受けることもなかった。パパは長いこと、なんの問題も起こしていなかったから。もちろん、火事は重大な事態になる前に消火されるべきだ。とはいえ、放火となると話が別だと、みんな納得していた。

あたしは、ジュリアスのことがとても気になっていた。でも結局、なんの心配もいらなかったようだ。弟は大人の前では何にも言わなかったけれど、あたしにはこっそり「火事のようすをおもしろかった」と教えてくれた。「すっごい！」というのが、弟の表現。学校で火事のようすをレポーターのように語って、ちょっとした有名人になっていた。引っ越《こ》しをしなければならないけれど、ちょうどタルボット・ハリー中学には行きたくないと思っていたところだったので、別の中学に進めるのを喜んでいた。

そういえば、あたしだって同じだった。だれだって、新しいスタートを切るチャンスがいる。たぶん、あたしはあの中学で、けっこううまくやっていたと思う。金曜日にフォーラー校長があたしを呼んで、引っ越し先のネトル・アンダーウッド中学に送る人物評価表兼紹介状《けんしょうかい》を見せてくれた。

「ナタリー・バーンズは、中学に入学したころは少々混乱していたようだった。だが彼女《かのじょ》は、けたはずれの努力によって、自分を立て直した。その努力は今後いっそう花開いて、すばらしい学校生活を送ることと思う。タルボット・ハリー中学の一同は心より、ナタリー・バーンズの幸福を祈《いの》っている」

あたしは、グラニスに引っ越しのことを話し、毎週手紙を書くと約束した。でも正直に言えば、あたしは彼女と別れるよりも、睡蓮《すいれん》の池の彫刻《ちょうこく》の少年と別れるほうがつらかったくらいだ。グラニスは親友というわけではなかったから。

チューリップとちがって。

あたしは二度と、チューリップに会うことはないだろう。もちろん、チューリップの名前はさんざん人の口にのぼった。警察の取り調べのこと、保護監察官《かんさつかん》のレポートのこと。ママは、チューリップのことを「あの魔女《まじょ》!」と呼んでいる。ママがそう言うたびに、パパが「バカなことを言うな!」とおこる。でもあたしは、彼女が本当に魔女だったら、そのほうが彼女のためによかったのにと、つい思ってしまう。それなら少なくとも、彼女は力を持っていたはずだから。でも今、チューリップにはなんの力もない。

きのう荷物をつめていたときに、ジュリアスがあたしにこう聞いた。

「もしも、チューリップのことを記憶《きおく》から消すことができるとしたら、お姉ちゃんは消したいと思う?」

あたしは首を横にふった。チューリップといっしょに過ごした日々を、後悔《こうかい》することなどできない。ときどきあたしは、もう二度と、ああいう強烈《きょうれつ》な日々、赤く燃える夜や、白くかがやく昼を過ごすことはないのだろうかと、不満に思う。でも、そんなはずはないとも思う。人生を色彩《しきさい》豊かにする方法は、星の数ほどあるはずだ。あたしはいつか、自分で自分の方法を見つけるだろう。

あたしはときどき、奇妙《きみょう》な夢を見る。あるときは、農場の後ろに作ったチューリップとあたしのかくれ家で、二人で床《ゆか》に座って「炎《ほのお》の水」と名づけた液体をかきまわしている。あるいは、はらばいになって果樹園を進み、花に火をつけようとしている。でもたいていは、あたしたちは夢の中で小学生にもどって、クスクス笑ったり、いたずらをしたりしている。手すりのかげであおむけになり、裸《はだか》の腕《うで》をくっつけあって〈空を見ろ〉をして遊んでいる。

パパといっしょに、初めて麦畑で彼女を見た日のことを思い出す。そして自分に、あのときでは、もう遅《おそ》すぎたのだと言いきかせる。だれかが悪くなるのは、ある特定の出来事が原因というわけではない。小さなひどいことが次々に重なって、そして結果が生まれるのだ。そしてチューリップにはもう、そういうことがありすぎたのだ。

必死でそう思ってみるけれど、本当には自分を納得させることはできない。そう、今ではわかっている。たぶんあのとき、チューリップは、小さな子猫《ねこ》をおぼれさせに行くところだったのだ。でもそれをいうなら、パパだって同じくらいの年ごろに、おじいさんのカメを茂《しげ》みに落として、放っておいて死なせてしまったではないか。二人を比べたら、むしろチューリップのほうが、勇気があって動物にやさしかったのではないだろうか。だいいち、人間は鍵《かぎ》のかかったドアではない。もし望むなら、心の奥《おく》に行き着くことができたはずだ。

でも、だれもそうしようとはしなかった。だれも、チューリップに手を差しのべようとはしなかった。だれも、彼女にふれようとはしなかった。

みんなが責める声が聞こえて、胸が悪くなりそうだ。

「バスの座席！」とボデルさんが怒る。

「ロッカーのドア！」と先生が叱《しか》る。
「養鶏場《ようけいじょう》！」と農家の人。
「温室！　ゴミ箱！」と近所の人がわめく。
そして「時を重ねた美しいホテル！」とママの声。
でも、チューリップのことは？
あたしはこれから一生、チューリップのために心を痛めつづけるだろう。
そして、胸をさいなまれるだろう。
チューリップを狂《くる》わせたのは、あたしだと。

訳者あとがき

『チューリップ・タッチ』は、英国で最も尊敬されている作家の一人、アン・ファインが正面から子どもの問題に取り組み、全力投球した作品です。ウィットブレッド賞を受賞、カーネギー・メダルのショートリストにも選ばれました。

アン・ファインは、「新聞を読むと、子どもたちが犯罪を犯しているさまざまな事件が目につく。そういう子どもたちの姿を、どうしても書きたかった」と語っています。チューリップという風変わりな名前を持った女の子は、そんなぐあいに新聞にのってしまう少女です。

そして、チューリップに激しくひきつけられたのが、本の語り手のナタリーです。ナタリーというのはよくある、どちらかと言えばおとなしい名前で、その名前のとおり、おだやかな、ふつうの子どもです。

たぶん、小学校高学年から中学・高校にかけて、友だちとのつきあいが生活の中心であり、悩《なや》みの中心なのではないでしょうか（わたしはそうでした）。ある子にひどくひきつけられ、その子の奴隷《どれい》のようになってしまったら？　このままつきあいを続けたら、自分はおかしくなってしまうと感じたら？　ナタリーがどうしたか、その気持ちや行動が、驚《おどろ》くほどリアルに描《えが》かれています。

物語の背景となっているパレス・ホテルについて、説明しましょう。

日本で「ホテル」と言うと、都心にある大きなホテル（「パレスホテル」という名前のものも、ありますよね）や、観光地にある、これも大きなホテルが思い浮《う》かぶことでしょう。でも、英国で人気があるのは、もう少し小型の家族経営のホテルです。パレス・ホテルは、そんななかでは大きいほうのホテルのようです。ナタリーのお父さんは、雇《やと》われマネージャーで、一家はここに住んでいるというわけです。

こういうホテルは、その土地らしさが感じられるので、旅行者にも人気ですし、経済的に余《よ》裕《ゆう》のあるお年寄りが長期滞在《たいざい》することもあります。たいてい行きとどいた、家族的なサービスが売り物となっています。つまりお客さんにとっては、ホテルをやっている一家とのつきあいも、そのホテルの魅力《みりょく》のひとつなのです。

一家が役割を分担して、いっしょに働けるのはいいのですが、そんな家で育つ子どもは大変です。夕食の時間とか、休日とか、子どもが親といっしょに過ごしたいと思う時間にかぎって、親はいちばんいそがしいのですから。親はそばには居るものの、子どもをかまっているひまはありません。そんななかで、手のかかる子どもだったジュリアスはお母さんの関心を一手にひきつけ、逆に手のかからない子どもだったナタリーは、放っておかれるようになります。親にはそういうつもりはなくても、子どもを理解できないどころか、子どもの命がけの戦いをじゃましてしまうことさえあるものです。

『チューリップ・タッチ』が英国で出版されると、さまざまな議論が巻き起こりました。チューリップはこれからどうなるのか？　救いがあるのだろうか？　若い読者を対象とした本のなかで、この本ほど人々が熱く議論した本はない、と言う研究者もいるほどです。

チューリップは頭も良く、演劇や絵の才能もありそうです。でも一方で、ウソをついたり、人が傷つくのを見て喜ぶような暗い面を持っています。中学生になってからは、暗さに加速度がかかりますが、虐待《ぎゃくたい》が激しさを増したのでしょうか。育ち方がちがっていたなら、どんな子どもになっただろう、と思わずにいられません。

アン・ファインは、チューリップという女の子の姿を実にあざやかに描いていますが、しかしこの子がどうなるのか、答えを出してはいません。たぶん、誠実に対応しようとすればするほど、簡単に答えなど出せない問題なのでしょう。こういう子どもとどう向き合えばいいのか、現代社会の直面する大きな問題といえそうです。

簡単な解決法は見つからないのですが、そのかわり、ナタリーの心の動きは生き生きと伝わってきます。この本のなかで、ナタリーは大きな体験を自分のものとしていきます。ナタリーの問題も解決がついたかどうか、そう簡単ではありません。それでも着実な一歩が踏《ふ》み出されているように思います。

日本の新聞やテレビでも、子どもたちの犯罪が数多く報じられ、いったいどうしてこんなことが起きるのかと胸苦しい思いに迫《せま》られます。チューリップのような子ども、ナタリーのような子どもは、もちろん日本にもいることでしょう。それがわかっているものの、そんな子どもたちの姿はなかなか具体的な像を結びません。それがアン・ファインのおかげで、ひとつの、はっきりとした姿が浮《う》かび上がりました。二人の女の子の姿をこれほど深ぶかと描いた本を、わたしはほかに知りません。幅広い読者に手にとってもらえることを願っています。

アン・ファインは、現在進行形の、別の言い方をすると「とちゅうの」あり方を描く作家だと思います。ナタリーもチューリップも、そしてわたしたちも、今いる場所はとちゅう。とちゅうを大切に生きていけるといいですね。

最後になりましたが、この本を訳出する機会をあたえてくださった評論社の竹下晴信船長はじめ乗組員のみなさま、ありがとうございました。担当いただいた吉村弘幸さんの熱い応援《おうえん》に支えていただいたことを、幸福に思います。

灰島《はいじま》かり

著者：アン・ファイン Anne Fine
1947年、イギリスのレスターシャー生まれ。ウォーリック大学卒業。中学校教師や刑務所教師などを経て、1978年に作家デビュー。現代イギリスを代表する児童文学作家として、高い評価を得ている。主な邦訳作品に、『ぎょろ目のジェラルド』（カーネギー賞・ガーディアン賞受賞／講談社）、『フラワー・ベイビー』（カーネギー賞受賞／評論社）、『初恋は夏のゆうべ』『妖怪バンシーの本』（ともに講談社）、『キラーキャットのホラーな一週間』『それぞれのかいだん』（ともに評論社）などがある。

訳者：灰島かり（はいじま・かり）
国際基督教大学卒業。英国のローハンプトン大学院で児童文学を学ぶ。著書に『こんにちは』（講談社）、『英米児童文学の宇宙』（ミネルヴァ書房）など。訳書に『猫語の教科書』（P・ギャリコ著／筑摩書房）、『ケルトの白馬』『夜明けの風』（R・サトクリフ作／ほるぷ出版）、『キラーキャットのホラーな一週間』『それぞれのかいだん』（A・ファイン著／評論社）などがある。

チューリップ・タッチ
二〇〇四年一一月　五　日　初版発行
二〇一一年一二月三〇日　五刷発行
●――著　者　アン・ファイン
●――訳　者　灰島かり
●――発行者　竹下晴信
●――発行所　株式会社評論社
〒162-0815　東京都新宿区筑土八幡町二-二一
電話　営業　〇三-三二六〇-九四〇九
　　　編集　〇三-三二六〇-九四〇六
振替　〇〇一八〇-一-七二九四
●――印刷所　凸版印刷株式会社
●――製本所　凸版印刷株式会社
落丁・乱丁本は本社にておとりかえいたします。

ISBN978-4-566-02400-7　NDC930　230p.　188mm×128mm
http://www.hyoronsha.co.jp

アン・ファインの本

キラーキャットのホラーな一週間
スティーブ・コックス 絵
灰島かり 訳

ぼくはネコ。だから、小鳥だってネズミだってつかまえる。なのにおこられるのは、どうして？　タフなネコの行くところ、怒りと笑いの渦が巻きおこる……。

78ページ

それぞれのかいだん
灰島かり 訳

両親が離婚し、再婚し、ふえていく弟や妹。うちの家族ってイカれてる！　家族に問題ありの五人の少年・少女が、時に熱く、時にクールに成長していく物語。

270ページ

フラワー・ベイビー
アンディ・バーガー 絵
墨川博子 訳

小麦粉ぶくろの赤ちゃんを育てるというとんでもない「理科」の授業を通して、母子家庭の少年サイモンは、力強く大人への一歩を踏み出す。　**カーネギー賞受賞**

262ページ